U0688671

新江西诗派

2022年卷

诗 歌 年 鉴

谭五昌◎主编

中国文史出版社

《新江西诗派诗歌年鉴（2022年卷）》
编　委　会

主　　编：谭五昌

副 主 编：吴光琛　　杨北城　　石立新　　游　华

编　　委（排名不分先后）：

刘立云	庄伟杰	杨四平	何言宏	杨海蒂
程　维	雁　西	刘　川	路文彬	龚奎林
大　枪	邓　涛	胡刚毅	洪老墨	王彦山
舒　喆	李贤平	孙晓娅	张春华	陈明秋
蔡　勋	喻　晓	夏　蕾	朱文平	杨少林
徐　明	梅黎明	曾若水	黄永健	万洪新
林　莉	毛江凡	毛鸿山	牧　斯	谢雨新
殷　红	周　簌	王小林	弭　节	罗启晁
雁　飞	欧阳滋生	张　瑛	高发展	谢胜瑜
吴捍东	刘合军	安　琪	大　可	刘傲夫
肖春香	尹宏灯	张火炎	涂国文	晏杰雄

目　录

A

D

H

J

弭节的诗

木然的诗

N

宁眸的诗

O

欧阳福荣的诗

欧阳滋生的诗

P

彭成刚的诗

彭文斌的诗

彭文海的诗

独坐树下

不思也不想
春天秋天都无妨
四周喧嚣
喧嚣就喧嚣
大树底下我称王

一只孤独的鸟
唱着寂寞的歌
如果它像我
又怎会孤独寂寞
万物都是我的灵感

A

冬 蓝

冬日的天很蓝
冬日的阳光很暖
走在蓝天下阳光里的我
很新鲜

世上新鲜的人已经不多了
到处都是被冷冻的身体
人们活着
像活着一样

感冒即将痊愈

清爽的身体与清晨有相似之处
简简单单一望
满眼的绿叶在晨曦里闪着光
得体的鸟鸣像人的心事恰如其分
不需要有更多的装饰
朴素的小园像我的内心世界
跳跃的精灵时隐时现
没有喧嚷抢夺它们的自由
我像一个刚刚走出战乱的国家
面对大病初愈的山河露出久违的微笑

阿斐,原名李辉斐,1980年出生,江西都昌人。著有诗集《青年虚无者之死》《最伟大的诗》《假期》。现居杭州。

A

桃花源记

小区在改造，挖掘机"突突"不停
儿子在背《桃花源记》，总是卡住
几次把书摔在地板上
唉，这叛逆期的孩子
想干什么就干什么

妈妈也在发火，妈妈刚生完二胎
躺在床上不停地指挥
油盐酱醋，个个不在其位
"儿子你不管
要你这个当爸的有什么用"

我不停地低三下四，低三下四
哄完夫人哄孩子
怀里抱着出世不久的闺女
她可什么都不管，嘴角微微翘起
仿佛在笑
仿佛在向这美好的人间致意

A

我 爱 你

父亲临终前，从怀里摸出一沓现金
给远道而来的
久未见面的儿子
"我用不上了，放你那儿吧"

丧事完后，他数了数
一共 520 元

他是一名卡车司机
他揣着这沓钱又一次上路
在一条条的国道线上
从南跑到北
从东跑到西

樱 花

出门拐角处，一树樱花
开在春风中

回来时，花已落尽
只剩树枝，被春雨淋湿

回来时，他两手空空
他要找的那个人，依然藏在
春天的深处

2022 年 3 月

　　阿郎，原名陈剑华，1979 年生于赣东北乐安河畔。九江市作家协会副主席。有诗文散见于《诗刊》《诗潮》《诗林》《扬子江诗刊》《星星诗刊》《诗歌月刊》《广西文学》《星火》《光明日报》《南方周末》等报纸杂志及多种选本。

A

A

广寒颜色

行道掩埋于赤的热风，村寨有映山之红
太多空旷的聚拢，低语滑入布景的独奏

蜂巢磨损，花时嵌在几百颗金黄的眼中
此时堪折，一束束正当时的韵脚错落

苏醒的山脊晃眼，被季节的奥秘催发，被月亮桥
发烫的瀑布遍挂白夜的灯笼，新生的亲密在枝节中簇拥

还太早了。三月，云蒙蒙而远比天淡
那并排的拱起的背，翠成隔水的岸

梨树在碧色的层叠中招手，碎的晾晒如细雪
那仅仅的，含混的，随时准备倒戈的颜色

林中，如墨的亭总是比山更高。再晚一些
它们就将分不清彼此，一同潜入通天的梦里

此刻，爱神的脸庞俯向清而圆的一面湖：那样的绿且哑
春日在镜中，而有野火似雨，有青鸟在鸣

原载《诗刊》2022 年 10 月号

心 力

发第一阵低烧的时候
生锈的关节捉弄外省的瘸腿
城市的额头正炫耀它闪亮的疤痕

文明的面包有糖精的夹心
引诱未名的零钱散币
投掷于这场奇迹的游戏

多么迷人的秩序
我们躲在强盗小小的口袋里午睡
从不做不确定的梦——

这是一个愿望可以成真的年代
你跋涉过如此多负担不起的野心
水中捞月般地，慢慢懂得了历史

2022 年 11 月

敖竹梅，女，1997 年出生，江西萍乡人。江西省作家协会会员。作品散见于《诗刊》《作品》《星火》《飞地》等刊物，曾获北京大学"未名诗歌奖"，南京大学"重唱诗歌奖"，武汉大学樱花诗赛"优秀奖"。

A

想念燕子

多年以后，我的玉米熟了，金灿灿的
有点像秋天的牙齿，记忆里
小河或许浇灌过它
青枣也已开裂，粗糙的纹理
正如路途的开裂
作为嗜糖如命的人，我身体里的小河
已经黏稠，举步艰难的年岁
我曾认领一场春雨，默默
开花，凋零，让自己站得坚定
蝴蝶的风暴劫持过我，当我流泪
更多恳切的约见被四月谢绝
那些燕子何时可以归来呢，小孩说

2022 年 12 月 6 日

白庭陌，原名马俊涛，2002 年出生，江西抚州人。南昌职业大学中文系
在读学生。作品见于《散文诗》《青年》《诗人》《零度》等刊，获河南省
第二届南木文学奖。

秋 瑾

梧桐叶兼着细雨
飘落于我窗里案头
压着一页清史
这残损的一章
用什么去铭记你

若文字也是苍白的
我只有以一名琴手的方式
用怀中大提琴的低吟
奏一曲挽歌

一串颤动的音符
伴着你的诗词去斟唱
这琴声，可否穿越百年
去召见丁未年的秋雨
在绍兴古轩亭口，把时间喊住

一边是新世纪的起始
一边是旧制度的灭亡
在那以杀戮为基调的舞台上
第一个出场的

竟是一个江南女子

秋风秋雨，是家国命运的征候
你不禁自叹：世界凄凉，可怜生个凄凉女
这多病的时代，你在一剂药方里
添了诗文和热血

若著说立言不能挽救苍生
那就跨马携枪，以一名侠客的豪气
刺向末日皇朝
即使拼了十万头颅
也要把乾坤挽回

革命的先驱者，总是先倒下
你倒在凌晨黑暗的丁字街口
唤醒人们去作道路的选择
在你就义前的最后一刻
目别故国，谁能记住你迷茫的眼神

此夜，我的琴声是一种祭奠
一段段，诉说着悲壮与怀念

一百多年已过去，
不知杭州西泠桥畔躺在地下的你
能否感知今天的凉热

我也不去问多少今人
把你的墓仅仅当成观赏的风景
我只在乎有多少懂你的人

还在读你的诗

2022 年 7 月 15 日

八大山人

身为明朝的血脉
心岂甘做清廷的子民
历史要成全一位大师
又何必非得付出妻亡子殁的代价

即使剃度，唤作刃庵
也改变不了本性

寄情于北兰寺的山和青云谱的水
悬腕执笔，泼墨写意
独对孤松石竹玉兰翠鸟

落笔处一款八大山人
是哭是笑任凭世人说

2022 年 2 月 28 日上午

毕中林，1981 年出生，江西上饶人。曾任《中国文化报》记者、《文化月刊》执行主编，现为广东省文化产业促进会副秘书长、广州上衍纪恒文化传媒有限公司创始人。

新江西诗派 诗歌年鉴（2022 年卷）

A

A

登郁孤台

三月鹧鸪叫出赣水涨高的惆怅，在宋城
沿城墙的斑驳看到一粒种子在缝隙间发芽
便知春天在江南也已深。那时长安路远
一望梨花盛开，如白雪塞途
你告别唱晚的鹧鸪

无奈一阕新词从你郁忧中流出，清江之水
拍打章贡合流的峭壁，黄昏在凝望中落幕
我复登临一百三十一米的高台，果然青山遮不住
风吹雨打又落花无数，贺兰山却无语岿然
我只寻得几处雨水冲洗过的旧迹

西北前方，是扩大了的赣江水面
我找不到高亢激昂的"大江东去"
你是词中的婉约派，郁孤台下
我把熟读的豪放派，咽回去半截

2022 年 3 月 29 日

冰雪客，原名黎业东，1976 年出生，江西南康人。江西省文艺评论家协
会会员、江西省作家协会会员、江西省书法家协会会员。有作品发表在《青春》
《诗歌》《星火》《河南诗人》《长江诗歌》《诗歌周刊》等报纸刊物。

看八大山人山水画

残山剩水，先锋无期限

有期限的是到山里旅游，住民宿

吃点农家饭，三五天时间

到山的局部看景点，在水库

坐小船，或沿溪遛一圈，再下来

乘大巴，或私家车，再大的山

也是石头和泥土，也是树木和流水

也是鸟鸣，大动物碰上了，准吓一跳

空气是新鲜的，比城里好，噪音

是自然发出的，比如水不停从石头上

跳下来，又推着挤着顺势而行

动静很大，可能闹得睡不着觉

只有画到纸上的山水才是静的

老僧坐禅，两耳听不见山水吵闹了

就成了八大山人，保持残山的坐姿

让一截剩水停在笔尖不走

扭一根弯线，掏耳朵，止痒痒

2022 年 3 月 10 日

岛 屿

因为建筑在海上
所有的墙都露出鱼肚之白
它有着虚浮和迷醉的力量

因为建筑在海上
塞壬的歌声不可避免
它的泪珠又大又明亮

因为建筑在海上
风暴与海盗骑摩托碾压马路
它用孤独支撑最高的顶层

因为建筑在海上
它以桅杆编织城市之网
飞鱼的翅膀带着刀和闪电

2022 年 5 月 4 日

金属悲歌

肉身是最软弱的，即使号称

有铁的属性，在疾病和权力面前
也不堪一击，至于金属，说到它
只有碰到比它更硬的，才会弯曲
疲倦，甚至哭泣，金属也是软的
在烈焰中，它会化成一泊泪
滚动，缩小，随火的意志改变形状
但属性不变，这是金属的悲哀
强硬而遭遇更重大的击打，碾压
薄如蝉翼，或变身杀戮的利器
是金属的另一次投降与变节
在火中啜泣的钢和抱血痛哭的铁
从来没有在独立中存在
它的每一次成形，都是金属之死
而打击乐，是它的悲歌，或者
成为一件乐器，在反复的击打
与变奏中，是它不幸之万幸
至于枪炮，坦克，和轰炸机
已超越锈蚀之痛，而等同毁灭

C

2022 年 12 月 15 日

程维，1962 年出生，诗人、小说家、画家，江西省作家协会第六届、第七届副主席。出版各类文学图书十多部，曾获第八届庄重文文学奖、中华好图书奖、首届滕王阁文学奖长篇小说奖，第一届、第三届、第五届江西省谷雨文学奖，第二届陈香梅文化奖，首届江西省文艺成果奖，天问诗歌奖。作品被译为英语、法语、日语、塞尔维亚语等语言。入选"中国新诗百年百位最有影响诗人"。现居南昌。

C

夜　雨

万物沉睡

而夜雨

令我清醒、思考

是否另一个季节已经来临

巴蜀大地上

夜雨——古老的隐喻

却以寻常的方式出场

谁接受它的来临

谁就将丢失对光明的执念

远在古诗里

夜雨常常点缀一腔家国情怀

或者一场遥远的情义

今夜

它依然没有击破夜里的宁静

万物消隐　悄无声息

2022 年 5 月

立 秋

喧嚣和寂静的区别

在一片树叶摇曳之间

反复无常

事情的表象比过程复杂

并且往往无法言说

比如风作为原因或者结果

很难判断

将情绪与一个时间节点联系起来

以解释某种行为的意义

是可行的

就比如　今日立秋

由此生发出快乐或者悲伤

便得到了合理的解释

与之对应的生活样貌

也大抵如此

2022 年 8 月

陈琼，1989 年出生，籍贯湖南。民俗学博士，现为四川农业大学教师，新江西诗派成员。有诗作入选《中国新诗排行榜》《每日一诗》《青年诗歌年鉴》等品牌诗歌选本。

母亲的生活更简单了

父亲过世后

母亲的生活变得简单

一天天

在甘甜芬芳的泥土上

早早醒来

和庄稼　杂草　家禽　水　乡亲

摩挲　说话

慢条斯理

午饭时分

迈着平缓的步子

回到老屋

一个人完成

生火　做饭　洗刷

下午

周而复始

在打交道了一辈子的事物中间

平静迎接夕阳

然后

躺在空空的床榻

曾经

母亲是父亲的附庸

现在

一切自己安排

终此一生

这幸福吗

我只想

早点回到母亲身旁

有家可回

再也不走了

2022 年 10 月

蔡诚，又名江河、文昌等，江西人。中国诗歌学会会员，中国当代文学研究会会员。发表约百万字作品，有多篇诗文入选各种选本。出版《生活是修行》《孤单而美好》《有一种生活叫无奈》《无题集》等。

C

三　月

在三月
细雨不会告诉你
屋檐下的每一次滴答
晕开的
都是季节在颠沛流离之后的苏醒

在三月
河流不会告诉你
冰雪融化后的波光涟漪
濯洗的
都是昨夜里每一个沉甸甸的心事

在三月
晨钟不会告诉你
在这个生命无常的娑婆世界
敲响的
是自觉和自知之后的明亮温暖

在三月
丁香不会告诉你
青苔斑驳的小巷街角

偶尔会微微漫过些许的幽香
幽香里藏着，你站在春天
微笑的样子

2022 年 3 月

蔡南华，1969 年出生。爱好现代诗和格律诗词，作品散见于《南昌晚报》
《江南都市报》《星星》以及《诗刊》等报纸刊物。

C

参观革命烈士纪念碑

仰望

高过天际

肃立的纪念碑

刺破苍穹

我们能看到闪电

听到惊雷

和黑夜发抖的颤音

红色的纪念碑

像一座灯塔

鲜血染红的火焰

照亮急流、险滩和暗礁

与黎明的天空交相辉映

看着纪念碑

我仿佛看到烈士们举起的右臂

看到了红旗、誓言

和信仰，以及

舍生忘死的力量

2022 年 7 月

蔡伟清，1967 年出生。中国诗歌学会会员，中华诗词学会会员，江西省作家协会会员，抚州市诗词楹联学会副会长兼秘书长。在《人民日报·海外版》《世界日报》《诗选刊》《星星》《星火》《鸭绿江》等报纸杂志发表作品。

C

C

他 们

他们在黑暗中
用微弱的萤火
缔造光明

他们在死寂中
用沙哑的声音
讲述真理

他们在囚笼中
用铿锵的思想
砸碎枷锁

他们在众生中
用沉重的肉身
救赎灵魂

2022 年 5 月 4 日

十四行诗

我走在路上
路伸向远方
远方遥远而漫长
前途叵测而迷茫

我的理想空空荡荡
我的希望摇摇晃晃
我的心起起伏伏
我的爱跌跌撞撞

我的梦找不到故乡
我的泪无处流淌
我的歌唱不成曲调
我的诗写不成行

我只能躲在没人的地方
默默地舔着遍体的鳞伤……

2022 年 6 月 19 日

蔡新华，20 世纪 60 年代出生，江西上饶人。珠海市社科联主席，诗作
发表于国内各大诗刊，出版诗集多部。现居珠海。

C

C

盆 景

独享露台

枝头挂起岁月

守望 天边那轮乡愁

原发信江韵微诗社 756 期 2022-10-19

月光下的白马

皎洁的夜 一道闪电

被眼神套牢

从此 关进心房

原发信江韵微诗社 741 期 2022-08-24

月光下的白马同题微诗公众号

难以抵达的秘境

哆来咪发唆拉西
寻遍乐谱
找不到　撩动你心弦的音符

原发信江韵微诗社 742 期 2022-08-25
难以抵达的秘境同题微诗公众号

曹建枢，笔名建枢，1963 年出生，江西万年人。万年县作家协会会员。有报告文学、人物通讯、散文、诗歌等作品见诸报纸杂志。

C

C

入 冬

他们曾经相恋

他们在不同的省份各自组织了家庭

偶尔，还相互地想起

而激情早已消散。

冬天来临

谨慎的她亦陷入困境

他们忧虑地说起——

工厂倒闭，不幸席卷了稻田。

他竭力地归还了几年前她的借款

他看见梧桐树叶落满了她的脸

就像当年分手时的艰难

她也有点担忧

那正在下降的情感

是否会降至冰点

伴随着这冬天

2022 年 11 月

曹奇，1970 年出生，江西修水人。现就职于修水县上奉镇政府，江西省书法家协会会员。有诗歌发表于《青岛文学》《特区文学》《星火》等期刊。

郁 孤 台

郁孤台，郁孤台
郁孤台上的灯和盏
睁着眼。妈妈的卧室
在郁孤台的中央或顶端
像风中的旗

郁孤台，郁孤台
你仰望长空
艺术家的影子
瘦的诗人的行歌。天籁声声
在日月炼打的中央
哭或笑，没有泪水
稗草在脚下丛生
孤独的风中四季弥漫……

高在高处看高　低在低处盲目
郁孤台，神的鹰
飞翔在秋天

原载《特区文学／诗》2022年第6期

曹特奇，1968年出生，江西修水人。自由职业者。作品散见全国相关省市纸刊和入选相关选本。

口 琴

捧在手里
含在嘴里
还不够，要
在一呼一吸间
找到心动的感觉
这还不够，要
在一呼一吸间
找到无法呼吸的感觉

八 月

有人将归
桂树行囊鼓鼓
馨香是需要长久储备的
中秋到来之前，对一切
保持悲观
剪枝。除草。疏通沟渠
与明月暗递秋波

每一条来路保持通畅

陷入眼前的一草一木

记住：此刻还未来临的

终将不会来临

原载《百花洲》2022 年第 2 期

曹卫平，1969 年出生，江西九江人。江西省作家协会理事，九江市作家协会秘书长、九江市诗歌创作委员会主任。有作品刊发于《诗刊》《诗歌月刊》《星星》《上海诗人》《深圳诗歌》等刊物。作品入选多种诗选。

C

C

那些年排队购粮的窗子

每次经过旧时的粮站
父亲都要往里望一望

每走一次，父亲就要望一次
父亲望一次，我就止不住地
问一次，父亲从来不说什么

直到有一天，再次路过粮站
一群人正在拆房子

他对着往日购粮的窗口
凝望许久之后
长长地吁了一口气色
那些年赶了十几里山路
大清早来排队购粮的窗子
终于被拆了

2022 年 9 月

煤 油 灯

回老家打扫旧房子
看着一堆的物品
我不停地嘀咕着
丢 丢 丢
忙碌的母亲
在地上翻来捡去
每拿一样东西
嘴里就不停冒出小时候的事

淘宝似的母亲
终于拿出一盏破旧的煤油灯
在我面前晃了晃说，丢不丢

我说不能丢
这个伴随我初中三年的小家伙
用手擦了擦，看上去
还是和当初一样

2022 年 12 月

陈淦,1978 年出生,江西瑞昌人。江西省第五届青年作家改稿班学员。在《中国诗人》《浙江诗人》《陕北诗报》《打工文学》《九江日报》等报纸杂志发表诗歌散文近百篇,诗歌入选多种选本。

C

记忆中的货郎

这个年纪，不会盲目生恨
也不会轻易，把爱当作例子
我们更习惯依偎一些记忆取暖
比如四十年前，积攒鸡毛、废纸、牙膏皮
交换一点再也回不来的甜
喊着线的针，奔赴剪刀的布，叫苦的盐
今天的我们不再有耐心
等一个人，一声吆喝，
等一个结果或过程

孩子也不想与我们为伍
被生活的大雨淋透之前
孤独的殇、他乡的疼、奔波的痛
远不如一场游戏来得成全
他们不问，我亦不答
这世间终有那么多的事物，无法交换
童年、爱情、亲人、内心的嘘吁

已知天命，人事渐稀
旁边的仰天冈为我寥寥故友
登高吹一吹风，念一念旧

总觉得那穿林而过的，似叹息
是一声拨浪鼓，为另一声拨浪鼓
送行

2022 年 5 月 18 日

　　陈岗，1972 年出生，80 年代末开始习诗。作品发表于《诗刊》《星星》《诗歌报》《诗林》《诗潮》《绿风》等。数次获《诗刊》《诗神》等全国诗赛奖。

C

C

千年红豆杉
——记武宁罗坪长水村

一个山村，很平常

却在寂静中流淌深沉的故事

她在云雾中出生、在绿色中成长

这条山溪，不与世争名

弱弱逶迤在房舍、庭院的脚边

红色的五月，朝阳把村落

拉出长长的背影

直扑挂满红豆杉情结的人群

红豆杉枝叶悄悄触醒发梢

放松的神经绷紧了千年的沧桑

北宋靖康之乱

金人铁骑的弯刀砍断了百姓的炊烟

怀揣绿色梦想的那些汉民

把开封万岁山红豆杉种子绑在逃命跋涉的裤腿

踩着被脚后跟磨烂的布鞋

流浪到幕阜和九岭山脉深处

在无忧屏障的旮旯地方

领神灵旨意，托祖上阴德

拜天干地支，揽五行溯源

埋头种植十七棵心中夙愿

与千年的翠绿对话

意识倏地升腾，站立在珠穆朗玛

俯探太平洋马里亚纳海沟

远眺埃及金字塔、四川乐山大佛、三星堆……

弯身挽起高歌浅吟的长江

一连串朦胧面纱，定格在北纬 29 度的神奇

难怪乎陶翁久慕这里武陵源

留下千古名篇《桃花源记》

而小小山村的林权改革

让"山水武宁"的题词天下皆知

山风徐徐吹拂

我仿佛领悟到了什么

红豆杉枝头的摇曳

也许在讲述山村过往的足迹

倚在村前池塘九曲回转长廊

塘边色彩艳丽的菖蒲花

左边一弯让群山艳丽，右边一袭让天空迎春

美妙，灵魂休闲的去处，诗意栖居的驿站

细雨洗礼过的红豆杉

把无私胴体展示给绿水青山

把清纯柔美馈赠给远方乡恋

2022 年 6 月 6 日

　　陈明秋，20 世纪 50 年代出生，福建仙游人。江西省作家协会会员。著有诗集《时光的门闩》《秋歌》。诗作散见于省内外报纸杂志。

何 长 工

他是不是长工，并不重要
你只要记住他天才的设计
记住他在修水，借 1927 年的中秋月光
用红色的格调
把镰刀和斧头
镶进了中国图腾

你只要记住，他精湛的技艺
把秋收起义和南昌起义的
两支队伍
紧密缝合成一座令人仰止的井冈高峰

主席称呼他长工
他亦认同，他就是长工
无论在修水、延安还是北京
他始终秉持一颗初心
为理想，为使命
鞠躬尽瘁，不负其名

2022 年 9 月

红 井

盛过唐时明月
也漂浮过晚清的落叶

一眼泉或周家井
清澈是一种
滋养是另外一种

九十五年前的秋天
因融合了中国血性

每一滴水，都蕴含了
红色基因

2022 年 10 月

陈伟平，1965 年出生，江西修水人。江西省作家协会会员。作品散见国内外数十家期刊，部分被转载，入选《中国新诗排行榜》《国际汉语诗歌》《每日一诗》等十几家年选，多部作品获奖。

秋日时光

喜欢秋天

喜欢秋日里温柔的光

把各个缝隙填满

把日子填满

杯里有袅袅茶香

桌面干净又琳琅

伴着盛装出席的晚霞

我们把时间拴在郊外

或是河边的一株树旁

在风里写下彩色诗句

拍下每个值得珍惜的瞬间

借以打赏这日益厚重的秋

身体中枯萎的部分

又重新草木葱郁

开出明媚的花朵

干涸的心房

仍有一片星河泛着粼粼波光

C

秋天了，要和美景同行

秋天了，要和美好的人在一起

2022 年 10 月 8 日

陈文华，网名朗朗的天，女，1974 年出生，江西鹰潭人。世界汉语言文学作家协会会员，四川省散文诗世界协会会员，江西省朗诵协会会员。作品被多家网络转载、朗诵。

我仿佛成了悬空之人

离乡三十多年

忽然感到，自己成了

悬空之人

上不着天，下不粘地

仿佛随时可能摔得粉碎

既无力融入城市的炫目

又没法回归乡土的质朴

既是街头踽踽独行的游荡者

又是不受故乡待见的叛逆者

我不知道，是带着忐忑

继续游走于城市边缘

还是怀着赤诚，重回

故乡的怀抱

让飘浮的灵魂踏上归程

我不知道，是否还能藏起

尚未被完全磨平的棱角

2022 年 6 月 9 日

C

陈修平，1971 年出生，江西九江人。中国作家协会会员，作品刊发于《诗刊》《星星》《诗歌月刊》《绿风》《北京文学》《四川文学》《莽原》等报纸杂志，入选多种全国性选本。

新江西诗派

诗歌年鉴（2022年卷）

一本书的分量

一本书在马孔多睡醒了
比如这本《百年孤独》
它披着硬壳从桌子上站起来
眺望者的下巴镇住了它
思想有多沉，虚幻就能走多远
一颗大脑，独自兴起夏天风暴
掀开书页，扑打门窗
狂热不断加码
海市蜃楼就要失效，失效
——书是书，眼睛是眼睛

原载《诗歌月刊》2022 年 2 期

C

兄　弟

右脚有老伤
怕冷，睡觉时
我给它穿只绒毛袜子

放进被窝里

左脚，也跟着套上

但允许它留在被子外

半夜冷它自己会跑进去

有时，右脚也会情不自禁溜出来

找到落单的左脚

蹭在一起

原载《汉诗》2022 年第 1 卷

程世平，曾用笔名子枫、平安郡。1967 年 2 月出生，江西九江人。江西省作家协会会员。作品刊发于国内多家刊物，并有诗作入选多种诗歌选本。《老区散记》获《飞天》文学月刊首届"陇南春杯"全国诗歌大赛二等奖。

一把椅子

我坐在一片博爱的森林上，我已经有二十天
没有接近这个城市公园几棵挂名炫耀的树
我必须通过身下的椅子找到早上九点钟的旷野
才会看到头戴金首饰的阳光在新鲜的鸟鸣中
穿梭，我要学会在椅子的脉络上旅行，它们
是制造绿色素的大师，我能从阳光中得到什么
我沿着它们走向山谷，感受鼹鼠的求爱声
并认为这比楼下任何鸟叫都能促进我的勃起
如果椅壁上沿有一个浅黑色的小疔疤，我会准确
判断这是最近梦到的某个女人脸上的美人痣
这样的指认不能公开，我的妻子此时
就坐在旁边，我会在两顿饭的时候碰上她
她是一个花鸟画家，画椅子是对她身份的拉低
这是一把瘦椅子，我经常摸索它光洁的身子
结实的形体让我记起它来自非洲的红胡桃家族
我的座位底下每天奔跑着一片热带雨林
我挥霍着赤道上空的氧气，巨蚺的咝咝声
听起来无比敞亮，我的诗歌已经很多年
没有和这块开朗的土地建交，感谢椅子
它的努力为我的穴居生活输送尊严，如果我的

诗歌组建一个部落，它让我看起来更像一个酋长

原载《诗林》2022 年第 3 期

一只苹果

我不是苹果，我不知道苹果是被利牙加身痛苦
还是自行烂掉痛苦，我对这种痛苦一无所知
苹果是从一边开始腐烂的，从另一边平视过去
这是一个完整、漂亮、情欲饱满的红富士苹果
我冲动得想从身后捉住我的女人一样捉住它
从这一刻起我开始迷恋它曾经的完美样子
即使另一面的身体已经腐烂，我的眼睛也会把它
缝合成一个完整的红苹果，就像它从篮子里
刚进到我家，就像从水果摊刚进到篮子里
就像从树上刚进到水果摊，就像刚刚在树上
它正像一个结实、骄傲的乳房一样挂在那里
我能轻易地想象出它高高挂着的骄傲，这是一个
十八岁女孩的骄傲，它曾经赋予苹果园里所有
为人津津乐道的爱情，直到从树上进到水果摊
从水果摊进到篮子，从篮子进到我家，从星期一
进到星期六，它已经腐烂了一半，另一半
仍将继续腐烂，我的女人会把它扔进垃圾袋
并让女儿把它和发霉的面包、干枯的玫瑰扔进
楼下的垃圾桶，我会很快忘掉它，短短六天能让

我们忘记的事物太多，即使它们曾经是如此美好

原载《诗潮》2022 年第 7 期

做一个厨师的理想

要让妻子成为十指不沾阳春水的女人，要从
清晨的接吻里甄别爱人有别于昨日的口感
要在早上六点到菜市场。看见鱼鳞闪耀
骨头光亮要虔诚，要对这些从前视而不见的事物
充满敬意，要读懂鸭血里饱满的阳光
和菜叶子上露珠的慑人之美。要把厨房里
钝旧的刀口替换掉，让走进菜篮子里的牲畜免受
久经折磨的痛苦，要理解生而为畜的不易
最好选一把带铬的蒙古厨刀，驰骋在大地的诗意
将会从刀光上活泼升起。要学会做一个有仪式感
的厨师，戴上白帽是对神祇的敬畏
起锅烧油前要像检查祭品一样检查食材
佐料和配菜一定要齐整，要让它们
在需要出席时钤上印记，就像在一场
盛大的恋爱中标注体液。要像民族大融合一样
汇聚舌尖上的味蕾，山西陈醋，绍兴黄酒
湖南豆豉，广西白糖，它们的注入充满
古老的地方智慧。要让炉火温暖每一道菜的身体
大火爆，中火煸，小火煎，武火煮，文火熬

要让烟熏火燎成为一块生养诗歌的黑板
要在灶台蒸腾的热气里令一个诗人失踪
并让身旁的人感到他做一个厨师的幸福已经多年

原载《上海诗人》2022 年第 6 期

大枪，诗人。四川师范大学诗歌研究中心研究员、昭通学院文学研究院研究员，《诗林》杂志特邀栏目主持人，《特区文学·诗》责任编辑，《国际汉语诗歌》执行主编。诗作散见专业诗歌期刊，并多次入选《中国新诗排行榜》《中国诗歌年选》等重要年度选本。获得第四届"海子诗歌奖"提名奖、首届杨万里诗歌奖一等奖、《现代青年》杂志社年度十佳诗人奖、《山东诗人》年度长诗奖、2018 年度十佳华语诗人奖、第五届中国当代诗歌创作奖及其他奖项。

菜园咏叹调（组诗）

苦瓜引

从春到秋
每天的力气，都花在卷须上
攀爬雨露均沾的梦
不到一人高的架子，足够
分枝散叶，也足够躺平

非洲果蝇是招蜂引蝶的后遗症
穿刺皮肉产卵
掏心掏肺吃软饭
瓜儿命悬一线，纠结得
满脸菜色，哪有
几个修成正果

农夫等待
霜降，等待收获
附的藤　悬的瓜　埋的根……
从头到脚，内心的苦
统统售卖

D

供城里人切片做药饮
主治富贵病

韭 菜 帖

时间到了。有时候
这世间的乱麻，习惯
快刀去斩

清冷的汁，慢慢外渗
没有喷涌淋漓如血。一滴眼泪
稀释寒露，落叶归根
缩回尘埃幽咽

一勺牲畜粪，一把草木灰
是济世灵丹，足以抚慰伤口
于是，起死回生的童话剧
拉开重播序幕。或许
二十天后，青春勃发
再来一茬

葫 芦 案

摁下这头又浮起那头
这种法力
不是个个都有
"七月食瓜，八月断壶"①
曲线有人用来救国
葫芦却用来救命

人生的哲学

瓟瓜永远不懂

它的宿命只是凡间一道菜

纤腰若束，丰乳肥臀

凭一身凹凸曲线，葫芦出落成壶

刀刃向内挖空心思

皮囊坚实得足以装下春酒

然后，缠住铁拐李的拐杖

混迹江湖，放倒

五柳先生把山南的石头

睡出印痕，怂恿

李白吆喝高力士脱靴

再深入后宫，狠狠醉杨贵妃一场

……

顺藤倒查三千年

《国风》里留着案底

葫芦僧最好规避

这桩葫芦案

还是要请楚王来断

原载《江西日报》2022 年 9 月 15 日

大可，原名罗琦，中国作家协会会员。《九江日报·长江周刊》总编辑。作品散见《诗刊》《文艺报》《中国艺术报》等文艺刊物。多篇作品入选《中国新诗排行榜》和《中国儿童诗歌精选》等选本。

归 零

四十年前，父亲沾母亲的光

顺带为自己筑好了生圹

三十年前，父亲拍好了百年照

还置买了喜爱的纸钱

带竹筋的那种。二十年前

姐姐备好了父亲的寿衣

也备好了我们的孝服

一起装在箱子里；也是在这一年

父亲为自己书写好了牌位

为坟茔加装了石墓碑

完工时，父亲望着八字前两块空白的石板

久久无言。之后，父亲中风

半身不遂的他，再也没有上过山

如今，父亲去世十年了

石板依旧空着，一字未著

像我们终将归零的人生

2022 年 7 月 19 日

点 心

窗台上马灯浑黄的光，穿过窗上的小方格

正正方方地跑到屋外来

下面的一块照着窗下刨薯丝的母亲

右侧的射向池边清洗红薯的父亲

中间的几块陪伴我们一起游戏玩耍

其余的射向收割后的田野

照亮几只秋虫的唧喳。渴了饿了

我们就找母亲要红薯，母亲为我们

刨好了各种形状的薯芯：菱形的

方形的、椭圆的、鱼状的、飞鸟状的

那是我们儿时最美味最美丽的点心

只要来院坝里玩，谁都能拿到

母亲不分亲疏，把所有孩子都当成自家的

2022 年 6 月 22 日

D

黄龙故事

黄龙山板着一副不苟言笑的脸

像入定的老僧

我眼观鼻鼻观心，专注于脚下的步步玄机

一路上好几处山崖被吕洞宾斫成风景

碎石状的故事撒落至今

系舟峰往上是著名的试剑石

一丈多宽三丈多深的创口

新江西诗派 诗歌年鉴（2022 年卷）

积满了唐宋元明迄今的痛感

几位林场的工人却告诉我

试剑石，也叫龙破石或雷劈岩

2022 年 5 月 10 日

戴逢红，江西修水人。独立学者，诗人。江西省作家协会会员，中国诗歌学会会员，中华诗词学会会员，江西师范大学历史研究中心研究员。在《诗刊》《诗潮》《绿风》《诗选刊》《诗词》《中华诗词》《当代诗词》等发表作品，著有《黄龙宗禅诗》《全丰花灯》（合）等。曾获第四届"屈原杯"诗歌大赛第一名、汨罗国际诗歌周诗歌大赛求索奖等。

公交站台

起点、中点和终点
长路有序或无序地分割
人群从四方摸索过来
目标和终点在同一个起点
伸长了脖子踮起脚尖瞭望
别人和自己的远方
千万张面孔在上和下之间
相互挤压傲慢欲言又止
目的总是呈现螺线形
绕了出去又绕了回来

人们要去的地方很多
却小心翼翼地选择
有人去了菜场、工厂或楼市
有人去了到达不了的地方

梦想上不了车
幸福也不是静止不动
放眼望去白云和鲜花都在
父母的目光还在门栏上
望穿了秋水游子背不起故乡

D

在公交站台上张望了一会
慢慢悠悠，继续下一站的旅行

2022 年 1 月

戴满媛，女，1969 年 11 月出生，江西永新人。在《东莞文艺》《南飞燕》《星火》《仙女湖》发表散文和诗歌若干。现居吉安县。

朝霞和晚霞盛开

又看见朝霞和晚霞，喷薄而出
一束橘红的光晕
铺印在亲人的坟墓
不由得泛出一些清甜的泪花
想：有一天
我生命也到尽头，别了这人世
朝霞和晚霞飘降下光辉
与失去的亲人们
有着这样一种美丽的团聚

是的，人都必有一死，走向深沉的泥土
但朝霞晚霞是永生的，新鲜又瑰丽
赐赠于每一个亡灵，由此获得慰藉
又想
在生的人，去世的人，大同小异
当看不见朝霞和晚霞的日子
就和亲人在幽暗的地下
拿出在人世最美的物事、沉痛、苦累
一点一点
回忆又擦亮，擦亮又回忆
多好啊

D

依偎在亲人的怀里

等待明天，朝霞和晚霞盛开

2022 年 9 月 11 日

邓玲玲，1963 年 9 月出生，江西高安人。江西省作家协会会员。有诗文曾发表于《诗刊》《星星》《星火》《海燕》等纯文学刊物。

腊月初九，山中有梅

山中有梅

有发亮的瓦和小径

不说话的屋子

被挂满野柚子的树林包裹

炊烟从墙边斜涌出来

它飘向另一栋

不说话的屋子

我确信它在

说着我们听不懂的语言

试探那扇多年未打开的窗子

那个书生

是否还在扔着漫天的纸笺

风吹上树梢

就开出了一树的白

2022 年 1 月 11 日

D

春 风 渡

仿佛有

千里万里的春风拂过

在这个春日的午后

做一个贸然的闯入者

慢慢翻阅时光

去年开过的花

今年依旧开着

昨天如潮的人群

今天没有再见

2022 年 3 月 13 日

丁艳，女，1973 年 3 月出生，江西黎川人。江西省作家协会会员。诗歌发表于《诗刊》《星星》《诗潮》《诗选刊》《芒种》等刊物，入选多种选本。

大山的回声

喊什么、喊多大声、或多少人喊
都能得到相应的回音
从不因为我们的小或身份不同而敷衍
每次都有喊必应

连续呼喊，得到回应就越加洪亮悠长
越加凸显他的高大
越加让我们仰望和崇敬

小时候不觉得什么
如今老了，喊着喊着眼泪就夺眶而出
而他，一直山一样地存在

2022 年 1 月 9 日

笛　子

君子一旦失节
便甘于被人取乐或取乐于人

受气
却不能随意出气

从此他人的忧伤是你的忧伤
他人的悲苦是你的悲苦
他人欢喜你也跟着欢喜
早已面目全非

成为一截专供人出气的竹子
在他人手里，可横，可竖

2022 年 2 月 6 日

东方风，原名刘敬清，1964 年 9 月出生，江西于都人。部队退休干部（上校）。作品散见于《诗潮》等多家刊物，入选《新世纪诗选》等诗歌选本，荣获诗歌征文与大赛奖项若干。现居南昌。

花　事

阳台上、庭院、深涧里。她们，像前世

约好了似的，次第花开

百日菊、无人菊、墨菊、菱叶菊

松果菊、甘菊、独本菊

报不完这么多好听的名字

有金色的。黄金一样压手

大地不能承受之重

D

喜欢群居、窃窃私语

有好一阵子，时间在她们跟前

忘记自己

我爱野菊花，整日天真烂漫

一脸无辜的表情

让人着迷

她们一生中最得意的地方，就是成功地

躲开春天

原载《飞天》2022 年第 6 期

D

董书明，笔名左拾遗，1966 年 3 月出生，江西九江人。中国作家协会会员。有诗歌在国内各大报纸杂志发表，著有诗集《独爱》等四部。诗作《终南山》入选《诗刊》2017 年 5 月"中国好诗歌"，荣获"方苞文学奖""李煜文学奖"等奖项。

下一场雪，真好

下一场雪真好

农人们可以像鸟儿一样

归巢，可以围坐在火炉旁

歇息。炊烟，很暖。

树木花草都是一个颜色

素洁，像极了佛前祈祷的人群

同一个朝圣的姿势

这时心境，一定暂无杂念

世间姹紫嫣红堆砌的奢华

被一场雪夷为平静

下雪时，只不过冷点

冷点又有何妨？

雪野中的两行脚印住着

温馨，甚至爱情

我在陶渊明归田处

静候一场雪，有诗酒做伴

春风一定会踏雪而至

仿佛就在虫子们的低吟浅唱里

在你我静静的等待里

一场雪的融化

注定春潮澎湃

原载中国诗歌网，2022 年 2 月 12 日

杜荣和，江西九江人。广西作家协会会员。发表诗歌三百余首，散文一百多篇，作品被选入《2012 年中国散文排行榜》等三十多种选本。

月色如银

今夜的月亮好大
惊起了几只鸟
飞越山顶

月色如银
映照千山万水
穿越时光的声音，蓦然
缭绕在子夜的梦里

嘎嘎的水车
将一筒一筒的水，灌入
龟裂的期冀

干旱的季节
月亮照着踏水的双脚
将长长的身影
印成岁月的字体

风起了，穿过旷野
刮醒悠长的蝉鸣
飞向深邃的夜空

无边无际

2022 年 9 月

段紫超，江西永新人。文学爱好者。于纸刊、网络平台发表作品，有诗集入选文学丛书。

聆听杜鹃

那声音从另一个人间传来

一阵一阵，仍然没有阻止

我在黑与灰之间继续

向下滑落

人类还在尝试辨认

这个春天，叫声如此神秘

如此虚无

会不会与自身关联

会不会在滚动的浆液中分离

才有了怯懦和清脆的慌乱

所以它选择了一个明亮的清晨

停在一棵树上，划分出了

这一生我再也走不进的区域

它就轻轻地叫唤了几声

却让我这个人

拥有了天真又致命的心跳

原载《星星·诗歌原创》2022 年第 2 期

F

致路易斯·博尔赫斯

我深信，无人轻易领受那种黑暗
那无尽描述，让我的眼睛
也深陷于一种抽象的勾线之中
我看到布宜诺斯艾利斯的街道
昏黄的夕阳照射在他晚年的背影上
只用一根回忆的拐杖向前摸索——
那寂静背后闪耀的语言之体，让
鲜艳在光芒中排列，组合
如声音初生，抚摸到嘴唇的化石
因灵魂富饶而轻盈地穿行
在失而复得的图书馆的清晨沉下去
在紧闭的双眼内，再次以某种锻造
赋予我们绚烂的永夜。必须说
自始至终我看到的"许多诞生"
都高于每一天里那重复死亡之幻觉

原载《青年文学》杂志 2022 年第 11 期

庐山简史

那是冬天，云雾

从含鄱口四周飘到了头顶
我们同坐一条石凳，我们交谈
初识像潮湿的地衣
从眼神的欣喜爬至峰顶

后来有一天下了雪，在差不多的
位置，你在雪中画出了心形
拍给我看

我们在一起了，因为雾之浓
以为生活的实景都很美——

多年后的冬天，你说
你一个人开车从东林寺再到山顶
具体去了哪些地方，想了什么
至今我也没问

只记得，那时山顶的雪真大啊
几乎落满了我的一生

2022 年 12 月

F

范丹花，江西省作家协会会员。有诗作在《诗探索》《青年文学》《十月》
《星星》《作品》《草堂》《诗歌月刊》等期刊发表。获第十一届"诗探索·红
高粱诗歌奖"提名奖。入选第十二届"十月诗会"。

枇 杷 树

七八个孩子，围绕着一棵高大的果树
那时候，你并不知道
这是比北斗七星还要骄傲的人间

透过密集的枝丫，太祖母的小脚
比树叶还尖细。挪到屋檐下
制止岁月的跌宕

手扶一棵攀爬过的树，你深感惊恐
采撷的快乐已经稀释
狂热的舌头像天空渐渐收缩

果实还在绽放。这一炉古老的丹药
只承认鸟喙和翅膀
所有的游子，都像是故乡倒掉的废渣

野 老

从豁口的门牙中，冲出一道凛冽的烽烟

与电影院所见不同。你希望

他像吴京一样，说出长津湖和三八线

但褪色的衣扣封住了年轻的血

尘世已被肉身过滤。他说起

三岁时的死人堆，及救命的老奶奶

二十岁时的海南岛，像他一样孤悬的国土

说起异国的山河与风雪——

只有杜甫的目光才能正视他嘴里的沧桑

你只能默念："没有人给他写信的上校"

车子离开的时刻，老人仍在土屋前

拄着拐杖，孤单张望

而深山疯长的草木很快遮掩了人间

看见的，隐藏的

在武宁，红豆杉，高山民宿，溪谷

是被看见的——

红豆酒的制作，乡村蓝图，及一种正在

运行的体制，是隐藏的

在大地的书写中，山水之城的灯火

是能被看见的

那些为水而迁的命运，及一代人的

庞大告别，已被掩藏

没有人能穷尽世间事。欢乐的，沉重的
都朝着文字，谨慎地试探

新鲜的书本正在翻开。空白处
将比文字更其深沉

2022 年 10 月

范剑鸣，原名范建民，江西瑞金人。中国作家协会会员，赣州市作家协会副主席。有诗歌、小说、散文、文学评论发表于各种文学期刊及若干年选，出版诗集《向万物致敬》等多部著作。获首届方志敏文学奖、井冈山文学奖、江西省第六届谷雨文学奖。

一只乌鸦擦亮夜晚

看见了吗？漆黑窗外

那只比夜更黑的、位移的鸟

因为飞翔而不融入漆黑

听见了吗？粗犷的呐喊

仿佛树木年轮涌涛，从创口截面

喷出的宣言，找寻耳朵借宿

空谷回音，在无边漆黑里流浪

笼中鸟挂在轩窗，长夜无眠

目击乌鸦如同一道闪电擦亮夜晚

点燃心中遗忘的渴望

鸟笼的心脏，颤抖地扇动僵硬翅膀

在笼内横冲直撞

把鸟笼晃如大风里的灯笼

直到嘶哑，随后像露珠滑落瓶底

而生起自由的风，在晚风中

如同一道闪电

F

2022 年 4 月

逆 光

逆着时光奔向记忆深处
母亲总是坐在煤油灯下穿针引线
缝补贫寒，缝补光阴碎片
投影在墙壁上的大手
仿佛能托举一切

逆着北风北雨徒步五公里
背我去看医生
帮我们摆脱饥饿
度我们迈过困苦岁月
母亲背后，煤油灯呈现圆光
逆光看，母亲就是菩萨

后来，每当我遇见困难
默念"妈妈"，总能给我信心与力量

2022 年 5 月

风雨竹，原名洪兆权，1981 年 11 月出生。景德镇作家协会会员。喜诗爱画，作品发表于《星星》《长江诗歌》《湖北诗歌》《瓷都晚报》等报纸杂志。

牵 挂

一根脐带
连着大山和我的小名
扯疼　母亲的梦

童年的暑假

铁环把太阳　滚落
躺在竹床上数星星
蒲扇摇来故事　把秋天笑醒

老 油 条

在汹涌的江湖里　打滚
炼就一身圆滑

褐色皮囊　玩世不恭

2022 年 7 月

冯九林，网名东方虹雨，江西贵溪人。鹰潭市作家协会会员。曾在各地报纸杂志发表百余篇文学作品，尤其喜欢微诗。作品收录于《新华诗叶》《华东诗苑》《现代诗美学》《江西端午》等书。

中　秋

南飞的雁
　似风中孤独的飘叶
　　思念　溶入
　　　赤子的血液
　　　　澎湃却又寂寞

异乡荒芜的院中
　袅袅的游丝　裹着
　　　中秋的乡愁

没有家的中秋
　再唯美的圆月不过都是空洞的
　　　　　　　躯壳

2022 年 9 月

旗　帜

那面旗还在吗
　　血迹斑斑
　　弹痕累累

F

当炮火连天被锁进精美的词典
当岁月承受过多华丽的粉饰
那面旗也将自己的所有伤痛
埋进了和平阳光下的那个角落

无垠的天空
　　　苍鹰在孤独的飞翔
凸凸凹凹的历史
　　　使记忆撒满尘埃
云雾朦胧
那面旗虽然隐隐现现
　　　　　渐渐远去
但却岿然不动

　　　老兵如石
　　　战旗似血

那面旗还在
　　虽然残破
　　但我依旧能闻到那股久违的血性
　　起来　不愿做奴隶的人们……

2022 年 10 月

符小丰，江西丰城人。业余时间从事文学创作，迄今已有影视剧本五部，纪实、中短篇小说四十多篇，散文、评论、杂文等十余万字，诗作发表于国内各大报纸杂志，作品多次被转载和获奖。现居广东佛山。

重阳，秋风正黄

秋风正黄，十月来到东莞
菊花在阳光之下，晒着
原始的本色，在老屋的身后
朴素如我那个姓黄的亲娘
匍匐于低矮的尘世

我就在这种黄土地上出生
玩着黄泥巴成长为黄毛小子
披着黄皮肤，中年的鞋底
粘着黄泥沙流浪到了岭南之南
黄色的香蕉、芒果正熟
犹如此刻，黄色的风、菊花
晚熟的香蕉、芒果、芭蕉叶
打通了我的肠胃和经脉
生根十年，胡须从黑到黄
再到白发占据半个脑袋

明天又是重阳登高远眺
黄色的田野，像古稀的父亲
披满沧桑，几颗黄牙

正在等待脱落，终结使命

2022 年 12 月 6 日，中国诗歌网

F

傅明生，1968 年出生，江西省分宜县人。江西省新余市作家协会会员，中国诗歌网和世界诗歌网注册诗人。在各大报纸杂志与网络平台发表诗歌、散文五百余首（篇），获奖若干。

黑 夜

黄昏一去，你
裹着黑纱，戴着面罩
悄悄地，悄悄地包裹整个大地
你想主宰世间万物
但他们可没那么乖顺
总想要抗拒，还窃窃私语

月儿与你嬉戏，灯火跟你较劲
而你总拗不过他们的坏脾气
月光下，有人借问微风阴雨几时
灯光下，有人谈论何时种瓜点豆
当闭上双眼，准备入眠
有人又问，在外的游子何时归来

虫儿在叫，花儿在长
熟睡人儿的鼾声冲破坚实的房瓦
相聚在无边的夜
你想蒙住这世界的眼
但他们的脚步，却总比你快些

2022 年 5 月 1 日

球的心声

在一端已封死的道路尽头打球
又像是被球击打
我享受在空中雀跃的时刻
也享受满是期待的眼眸
你想让我落入你的球网
可微风凭借力，偏就差那么一毫
你奋力地冲向我，我猝不及防
正落入你的怀抱

几经周折，我们最终达成一致
你用满身汗水和几日的酸痛与我交易
透过绿荫、穿过高楼的余晖
以及高空导航引飞的大鸟
都是这场交易的见证

路旁的野菊探了探头
期待下一次决斗

2022 年 5 月 9 日

甘丽琴，2001 年出生，江西永新人。江西省南昌医学院医药学专业在读大学生。自幼喜爱文学，星火杂志社第二届写作训练营学员。

三十而立

恰巧，指针又走过了一圈
三十年，一个人可以从零岁长到而立
逝去的时光无法赎回
像你倚在车窗，审视着树影从广袤中倒退
你听到人群在反复地诉说
过去。重要或不重要的都在过去
那从记忆里剥离出来的故事
有竹林的雨声，乌鸦拍打羽翅的扑扑响
雾渐起，愈演愈烈
车窗外已是墙般的黑
夜不再透明，变得深沉且哀伤
未来与过去、虚妄与真实扑面而来
重叠往复

2022 年 12 月 5 日

微　光

屋里的小灯熄灭了

夜色透过窗子

把整个我包围

黑暗一如既往的深邃

繁星总在苍穹之上

从那些忽明忽暗的星里

截一段微光

照在心上

2022 年 4 月 16 日

甘茜，女，1994 年出生。小学语文教师。现任职于江西省抚州市崇仁县第二小学。

宿 醉

到清晨犹醉未醒

昨夜的大水淹没山尖

到我的床脚，淹没四根床柱

把我抬向无休无止，没日没夜

血管中，酒，奔腾汹涌

比洪水更猛烈地冲击我，把我

推向清晨，木床上，像搁浅的大鱼

身体布满水渍和潮声

2022 年 12 月

高聪，1992 年出生，江西鄱阳人。在《星火》《山东文学》等刊物发表作品多篇，诗歌入选《江西诗歌年选》。

千眼桥，鄱阳湖湖底明代的古建筑

寒冬里数你，口罩，遮挡我的面孔
风的声音，有人说，听到战旗号角和刺杀
看得远，沙尘暴过后，柔道，鞋子里外亲个够

长条、花岗石、桥墩、松木柱，就这么简单
鱼儿，离开水，放大三公里，分明是一条长长的龙
守护，鄱阳湖底，脚踏实地让手掌一起感受明朝那些事情

伸出你的手，从崇祯四年的冬天开始
以石为桥，历时五年，都昌与星子庐山联姻了
蹚水、踏泥、跨湖，被为官的钱公画上完美的句号

北风，凛冽，石头上的文字水洗有些模糊
脖子上的围巾，牵住你的手一行大雁在这里过冬
流水，踏石而过，不是黑夜，为什么我的左右黑头发飘起来

2022 年 4 月 30 日

老爷庙和它的水域

看你，神秘的水域一天沉没十三艘船舶

离奇，失踪，八月三日，三十七年解不开的扣子
摩崖石刻，做了皇帝的朱元璋题写"水面天心"是什么意思

水枯了，有垫底的黄沙，冬天的鄱阳湖露出马脚
一匹马，长头发飘起来，一面旗帜马背上女孩子的红披肩
一群马，黑颜色追赶上前的雪白，一帮少年风儿沙尘卷起古战场

大湖，小山，七米高，以花岗石堆砌的老爷庙
老爷是一只鼋，一只衔船为舵、搭救朱元璋的巨鼋
点将台，插剑池，围炉夜话，与陈友谅大战十八年的故事

一双草鞋冬暖夏凉，脱下，魔鬼三角化成两只木船
红灯照亮、宽广的水面，转危为安的船只喊你"救生红船"
漩涡，龙卷风，最窄的三公里焚香烧纸，甲鱼乌龟江猪在这里玩火

走过，千眼桥，转身，靠近中国百慕大水域的老爷庙
谜团，谜底，一团乌云，数百只乌鸦飞来"呱呱"地叫个不停

2022 年 1 月 25 日

　　高发展，退役军人，江西九江人。中国诗歌学会会员、江西省作家协会会员、九江职工文学院常务副院长。作品入选《2020 年中国新诗排行榜》等选本；著有诗集《庐山恋》《江南好》。荣获江西省首届"尊崇杯"迎"八一"退役军人征文大赛优秀奖、"光荣与梦想"庆祝建党 100 周年诗歌大赛优秀奖（中国作家协会诗刊社等主办）。应邀参加了 2016 年京杭大运河国际诗会、2017年江西省谷雨诗会等活动。

G

致 青 春

青春的道路上
不分男女，没有强弱，
如果预知了生命的过程，
你是否还有勇气重来一次
世事无常人生百态
大风来时
虽未前进，也不曾后退
那颗晶莹剔透的心
坚韧不拔地向上 / 向善 / 向尚
在风雨中挺住
这何尝不是另一种胜利……

2022 年 5 月 4 日

岁 月

时间不长也不短
只在每一个刚好的年华

遥祝逝去的芳华

旅途中来不及一一打开盲盒
跟随心的方向
抵达能及的远方
捧一捧岁月送给你
将它别入发梢吧
那是行囊中最慷慨的礼物

当岁月的风
吹过眼角的笑
你从我身边轻轻走过
我已活成了 / 一朵蔷薇
在风中 / 散发出 / 漫天芬芳……

2022 年 9 月 7 日

高兴，原名高海珍，女，1980 年出生，江西人。热爱诗歌、绘画等，从事室内设计、艺术美学方面工作。现居广东珠海。

母爱的江山（组诗选三）

责任田

母亲卷着裤脚站在自家地里
用手抚摸着一束束稻穗
就像抚摸
自己刚刚生下的孩子

风从田野上吹过穿过了
一片又一片稻田
将沉甸甸的稻香
拉成了满天晚霞

沿着弯弯曲曲　有点湿滑的田埂
母亲挺直了身躯
从左边的糯米地一直察看到
右边的杂交田
好似一位骄傲的女王
巡视着她的领地
而那些金黄色的大臣济济一堂
正弯着腰低着头
接受着检阅样子显得十分谦卑

菜　园

母亲举着锄头
在后山用力地挖掘
汗珠一颗颗流下
掉在一畦畦土里
发芽　长苗　开花
生成了一棵棵辣椒　茄子和玉米
还有一些地瓜
被我们握在手里咬在嘴里
吃出了一缕缕母爱的香味

那是母亲的另一座江山
也是母亲的另一只口袋
母亲常常从这儿
采摘些绿的　红的　白的
一堆堆　一捆捆　一串串
挎着竹篮　或是挑着箩筐
到小镇上叫卖
然后换回食盐　猪肉和布匹
以及一家人的欢笑声

厨　房

简陋的厨房　也是母亲的责任田
不会念字的母亲
一年四季一日三餐

曲着腰　弓着背　趴在灶台上
焯煮　煎炒
挥舞着一柄小小的锅铲
写着香喷喷的文章

每一次靠近村庄
都能看见从厨房里升起的炊烟
一缕缕　缠缠绕绕
仿佛母亲绵长的牵挂
也总能想起
那被灶火映亮的一张脸庞
已经满布皱纹饱经沧桑

原载《上海诗人》2022 年 4 期

郭志锋，1968 年出生。江西省作家协会会员、江西省杂文学会会员，吉安职业技术学院红色文化研究特聘专家、万安县作家协会主席。现任江西万安县政协教科卫体和文化文史学习委员会主任。出版著作多部。

有姐真好

姐，
母爱的延续
家族的纽带
急需时的第一个身影
远足时的第一声叮咛
病榻前的嘘寒问暖
困苦时的鼎力相助
有姐，
身不再漂泊
心有了皈依
家有了根系
也有了沃土
有姐真好

葛俐，女，江西省武宁县第一中学高级语文教师。喜爱文学，已在市、省、国家级物上发表作品几十篇。

苞谷林开花了

苞谷林开花了
在天刚刚擦亮的时候
消息穿过土屋老迈的双眼
射向了苍茫的长天

真的，苞谷的花开在头顶上
一大片，如同等待哺乳的婴儿
齐刷刷张望着天空裸露的敞怀
晨曦透过薄雾直垂下来
给苞谷林涂上了一层淡淡的油彩
猫头鹰肃立在枯干的树桩上
公鸡顶着巨大的红冠不言不语
空气里，颤动着细碎的心跳

桌子已经安放在土地的中央
灶灰在母亲的竹簸箕里上下波动
姐姐的手向苞谷林轻轻一扬
就扬起了几辈人薄薄的希望
天空俯脸轻抚着开花的苞谷林
苞谷林转头，整齐朝向山顶的红光
我望着苞谷开出的乳白的小花

瘦弱的愿望就在父亲眼里疯长

在这个微醺的早晨，爷爷
正躺在苞谷林的土地里长睡
"真威武，像列队的士兵呢"
父亲的话透着太阳晒黑的味道

原载《文学时代》2022 年第 4 期

古司拨铺，原名向连超，1971 年出生，土家族，湖北恩施州人。中国诗歌学会会员、景德镇市作家协会会员。作品见于《青年文学》《奔流》《三角洲》等文学期刊及各类诗歌选本。现居江西景德镇。

G

夏至在石壁村

夏至在梅岭

在太平镇

我的目光，游弋于狮子峰

山脚下的最美乡村

一串串关于石壁村的句子

陆续钻进我的诗篇

我重新把它们排列组合后

犹如村头健美的农妇

丰腴强劲的腰身

弹性十足

惊艳了来访者

莲花血鸭

莲花血鸭

是一道老幼童叟喜爱的佳肴

吴希奭起兵勤王抵御外侮的故事

被军中厨师刘德林

误用鸭血

从南宋末年

一直翻炒到今天

"七月七，毛鸡毛鸭杀一些。"

不管在何时

或者身在何地

莲花血鸭的情结

已根深蒂固在莲花人的血液中

我不是莲花人

女儿想吃我烧制的这道名菜

我没有买到莲花山里长的脆鸭

没有买到莲花山里产的茶油

没有买到莲花山里酿的醇水酒

更没有莲花自然清凉的井水

但我用父爱，烧制了一道

散发出"家"味的

莲花血鸭

福满新庄景观墙

所有的废弃农具

翻土用的铁锨，平地用的靶

肩挑的扁担，拾粪用的筐

H

松土用的耖子，播种用的耧

簸粮用的簸箕，扬场用的木锨

碎土用的二齿和多齿的钩……

都围拢一个叫福满新庄的自然村

钉挂在青砖砌成的景观墙上

它们保持着原始面貌，张开手臂

挽留络绎不绝的参观者驻足

但还没有哪些农具

能挽留住

逐渐逝去的岁月

2022 年 7 月

　　洪老墨，原名刘晓彬，江西南昌人。中国作家协会会员、中国文艺评论家协会会员，江西省作协文学评论专委会副主任，江西省社科院文研所年度江西文情报告编写组成员。出版文学理论专著三部、评论集十五部、散文诗集五部、长诗一部、散文随笔集七部，主编多种文学作品选本二十一部。曾获第六届谷雨文学奖等多个奖项。

邂逅一场秋雨

在旷野，邂逅一场秋雨

行走于其间

脚下的枯草与脸上的雨滴

酿造着一种意象

形式上的美感

仿若一位娉婷少女风中飘动的发丝

精神里的骨感

又像一尊稻草人在旷野瑟瑟发抖

眼前的景象

显现的是天空与土地的对抗

一些落黄，一些灿烂

云也会搭建楼宇

殿堂在天空之上

山林，河川，牲口及人

都在叩拜

这场秋雨

2022 年 11 月 3 日

胡杨林，原名胡保国，1962 年出生，江西南昌人。江西省作家协会会员，全国公安文联会员。作品散见于《新民晚报》《江西日报》《南昌日报》。出版诗集《走在诗词的世界里》、诗歌散文集《岁月不羁》。

修 锁 匠

修锁匠马师傅修锁、配锁已十年
一把把钥匙是他打制出千差万别的
牙齿，咬住一个密码
锁是屋舍的谜，打开它
只有唯一的"阿里巴巴"魔语
握在修锁匠纹沟纵横的手心

春风开启寒冬冰封的门
太阳开启黑夜紧闭的门
江河的钥匙开启大地春华秋实的门
每人都有一把亮锃锃的钥匙
开启灵魂的门、爱情的门
谁唏嘘自己的门已锈迹斑斑
房屋已坍塌，一堆断壁残垣
诉说岁月的沧桑与一场朝代的颠覆
马师傅常吆喝：坏锁、死锁统统
交给我来修！妙手回春啰

2022 年 3 月

我悄悄去了你家乡……

我悄悄去了你家乡
没有惊动你眼里沉睡的
摇曳的水草
一泓碧潭般清澈的水波平静如镜
就像我爱了你那么多年
从未吐出那个字
你不知道远方有一位诗人
深藏的爱恋与他忧伤的眼神
你不知道，如鱼在河里
不知道被水拥抱
如鸟飞在天上，不知被空气包围
你被我的相思拥抱
你不知道，浑然不觉
你不知道，有一颗太阳般的心
每天为你升起，让你没有雨天阴天
世界晴空万里……
或许你心照不宣，心领神会
不去碰那个字，是一枚地雷
我躲避那个字，那张迷人笑靥
循规蹈矩，不越雷池一步
我悄悄地来到你的家乡
看看这青山绿水、善良的人们

古朴的古街古巷、青山溪流

低矮、破旧的老屋

绿色的藤蔓爬满荒芜的院落

也爬满我记忆的小屋和清梦的藤架……

这曾是我魂牵心萦的神洁净土

这方水土养育一位天生丽质的淳朴女子

看看村头的稚童，他们的笑声

曾与你笑声拴在一起跳皮筋

他们的歌声与你的歌声混在一片云里

他们的笑脸红成枝头的枣子

裹在春风里，分不清你和他、她……

我悄悄地来到你的故乡，徘徊不已

恋恋难舍，像一朵欲言又止的云

我悄悄地远去，洒下一滴滴透明的雨

可溅湿你黎明的梦？敲醒你的窗

2022 年 11 月

胡刚毅，20 世纪 60 年代生于革命圣地井冈山，湖南衡阳人。中国作家协会会员，江西省作家协会会员、理事。在《诗刊》《诗选刊》《人民日报》《光明日报》《星星》等报纸杂志发表诗歌、散文一千二百余篇（首）。出版诗集、散文集等七部。2009 年 6 月在《诗刊》举办的全国诗歌大赛中获得二等奖。2009 年 8 月在全国"首届中华之魂优秀文学作品征文"赛中获得一等奖。有诗作入选三十多种选本。

风吹故土

那么多的风，吹散了乡音
吹薄了故土
也把那些来不及拐弯的河水
吹得更加冰凉——

悬于野草上的村庄
已没有更好的去处。落日
更像一枚用旧的词语

为守住一个村落
四处围拢过来的群山
还是让出一条走向山外的路
弯成河流的样子

2022 年 9 月 8 日

在 乡 下

把一群热烈的花草

赶向山坡

留个上好的位置，摆放

阳光或雨露

在乡下，有一洼地

一亩天空

养上几朵白云

足够种上新鲜的四季

2022 年 7 月 5 日

胡海荣，1973 年出生，江西瑞金人。在《星星诗刊》《猛犸象诗刊》《星火》等发表诗歌多篇。2018 年获《诗刊》征集广告词入围奖；获 2021 第五届国际诗酒文化大会"让诗酒温暖每个人"全球征文活动优秀奖。

孩子，我不知道你是谁

孩子，我不知道你是谁
哦，我真的一无所知
虽然，我知道你脸上每一颗小黑点的位置
我知道你臭臭的小鞋是几码，你和小伙伴
最爱聊的无聊话题是哪些

孩子，我不知道你是谁
哦，我真的一无所知
虽然，我看过星星一样多的人
捧过花朵一样多的书
我还能说出用麻袋装的道理
也听过许多许多人分享孩子的事情

我只能大概地说说
你是宝贝，你是天使
你是暖流涌动，你是魂牵梦萦
你是小小的背影，挤进校门，忽然不见
你是飞奔的笑声

从楼道底层，直接到了我们的心里
你是我们存在和坚持的理由

——不过，我真的不知道你是谁

你是花的种子
还是草的种子
或者，是一粒大树的种子
你是云朵在天上
还是小溪在山涧
或者，是一股激流，势必奔向远方的海洋
我不知道
我只知道，有许多以为自己知道的大人
把草看成了花
或者，把花看成了树
他们痛苦地修剪着自己的孩子
孩子沉默地忍受着刀锋

我还知道，有许多以为自己有爱的大人
把一棵树的经历
刻在一株草的身上
或者把一片云的高度
变成一道溪流的噩梦

别怕孩子，我不知道你是谁
所以，我不会手握冰冷的剪刀
也不会把它放在眼神里

我不会说，你要大鹏展翅前途无量
我也不会说，你不如安静地做个开心老百姓
说实话，我正忙着弄明白
我是谁，会怎样，有多美……

我只想，用手拉着你的手打个盹

用我的大笑惊醒你

用我的耐心忍着你

用我的义气掩护你

也让阳光看见你

让雨水淋湿你

让小虫子挑战你

有一天你钻出了种子的硬壳

伸展出生命的绿芽

我会陪着你说一声："哇，原来我是这样子啊！"

然后，我们一起成长

从鸡蛋壳的脸，长成核桃壳的脸

是草就长成一片柔软

是花就长成一片色彩

是树就长成一片绿荫

现在，我不知道你是谁

我就知道，你是我的孩子，全世界的孩子

我更知道，你就是你，和生命一般神奇的你

2022 年 6 月

胡剑云，伦理学硕士。江西卫视社教部副主任，江西省红十字会常务理事，国家司法部、全国妇联授予的"全国人民调解能手""全国维护妇女儿童权益先进个人"。

卖鱼的妇人

她朝着过往的人招手

祈盼路人把筐里的鱼带走

她总是

在等待中微笑

偶有几次

也曾与旁人生起争执

只为了

占据那所谓的好位置

刚过半百的她

任由皱纹侵袭她的脸庞

那一绺绺头发

早已灰白

她只是个卖鱼的妇人

却将半生的苦楚吞下

在她青年时失去儿子的那一刻

她不仅仅是个卖鱼的妇人

她还有半生要与命运抗衡

那每一分所得

被紧紧地揣在怀里

好像这样能攥紧幼子的命

已是中年

她还要用她的半生来交换

2022 年 9 月

胡妮妮，女，1988 年出生，现居江西南昌。

H

一只蚂蚁

拖着小米粒跋涉，渺小的生命
却有狐狸的智慧和虎豹的蛮力
却有大象般的疼痛与快意
却有海浪般辽阔的情感与心地
却有日月光华的尊严与汗水结晶……

2002 年 9 月

银 河

天真黑，黑得
如一片无边际的海洋
倾银河之水
也难洗尽黑污垢
盼啊盼……星星睁疼了眼

清晨的太阳喷头
真神奇！水花四溅

阳光飞溅

2002 年 10 月

醉

明媚的太阳
让一棵大树
呕吐出一地浓荫
哦，它醉倒在暖暖的春阳里
长醉不醒……
许多人来到它身边
是要唤醒？是乘凉！

2002 年 11 月

胡粤泉，女，1987 年生于井冈山。中国散文家协会会员，江西省作家协会会员。在《人民日报》《文艺报》《诗刊》《诗林》《诗潮》《创作评谭》《江西日报》等报纸杂志发表诗作一百余首。有诗作入选《2011 年度中国诗歌选》《2012 年中国散文诗精选》《21 世纪江西诗歌精选》等选本，并有文章入选小学生语文自学读本。出版诗集《井冈山上有座湖》。

小 土 丘

在爷爷那个饥饿的年代
屋后那个小土丘像一个包子
看着这个小土丘
就饱餐了一顿
后来，忘记了具体的日子
开始——
我每年清明都到这个
小土丘祭拜

河 流

那条同童年一样的泉江河
穿过了桥孔
蹚过了险滩
速度时快时慢
与这三十多年走的路
没什么区别

2022 年 4 月

　　黄存平，笔名清平乐，1989 年出生，江西吉安人。江西省作家协会会员。作品散见于国内各大报纸杂志，并入选《大美遂川》《诗情画意金千灯》等选本。出版诗集《脚步》。

大 觉 山

站在桥上看大觉山
有一万零七十米的距离
眼前山峦处
是我自己观心处——
大觉山不够起伏，但是连绵

暮时与朝时的体会又不一样
只有几片叶子感受到秋意
与我愚钝相同
不似北方的树木
如此的大觉山，是看不出在夏，还是在秋

猜测大觉山也是一个闲情种子
从不忙于是止，是动
落叶铺满谧静的路道
我的秋日里一片金黄

2022 年 10 月

黄斐帅，笔名曹月关，1996 年出生，江西抚州人。抚州市作家协会会员。
曾获江西省大学生征文三等奖、中华辞赋优秀奖。

床 头 书

某日

也没起风

床头书瑟瑟作响

我的长夜抱着文字老了

一万个古代从我床头飘过去

一万个皇上让我在梦里给睡没了

包括好看的妃子

好在从此没有了贩盐的

没有了盗马的

纳小妾的

与狐仙缠绵苟且的

但文字仍然在爬

仍然有书生

白面胜雪的

在大门后面

后花园在哪

赠金的小姐呢

三千里河山

弱水一瓢

大泪滂沱时分
不也该醉里挑灯看剑吗

夜半梦醒
忽然发现老眼昏花，世上已无文字可读
天空用山河呼吸

2022 年 11 月 5 日

黄小军，江西德兴人。中学高级教师。先后在国内各大报纸杂志刊发各类文学作品，获第十一届中国散文诗天马奖。

我如金，金如诗

我不善言辞
寂寂、沉默，如金
一只红蜻蜓飞过
好静啊，如我

我不语，潮汐
想击碎岩石的缄默
可我依然
寂寂、沉默，如金

我的表达
连同我的呐喊
都化作了一行行诗
其声，如金

2022 年 9 月

我是一个忧伤的汉字

独自散步

像一个忧伤的汉字
在忧郁地行走

偶尔抬头
月儿竟弯成问号
问夜，还是问我

我正在寻找
忧伤出自何时何处
是唐诗，还是宋词

或出自祖传
那冥顽不变的 DNA
一个古老的字根

我愿这么走着
边走边琢磨
像是回答自己和月亮

2022 年 4 月 11 日

黄晓园，1960 年出生，江西萍乡人。江西省作家协会会员。曾在《诗刊》
等报纸杂志发表诗歌、散文、杂感及教育评论四百余篇。有诗作入选《21 世
纪江西诗歌精选》《中国新诗排行榜》《中国新诗日历》《每日一诗》等品牌
诗歌选本。

H

窑变之后

我的家乡景德镇
被阳光、窑火和月色
烧炼冷却成了瓷都

泥坯及其釉，经过涅槃
有的或许改变了梦想
就像我的父亲烧了一辈子窑
某些希望也窑变了
最后，他也瓷片似的
被砸碎被藏入厚厚的泥土

百年后，他的子孙
在他薄薄的笔记本里
挖出了文物……

2022 年 8 月 25 日

柑　橘

生津止渴的今天

祛痰平喘的甜

不得不令人思念屈原……

2022 年 4 月

江训榜，笔名江小舟，网名江晓帆，1963 年出生，江西景德镇人。江西省作家协会会员，江西景德镇市网络作家协会主席。作品散见各大报纸杂志及网络平台微刊。《灵溪》《四季果园》等微型诗作获江西鹰潭 2022 年"喜迎二十大　春雨润鹰潭"谷雨诗会二等奖。

去狮子山①，赴一场黄昏绚烂

眼前鄱阳湖，堆积万顷碎银
一枚红日，悬浮烟波浩渺之上
像秩序的掌控者，明察秋毫

我们仿佛穿越十世轮回
带着莫名的欣喜，投入这宽阔
久违的怀抱

一呼一吸全是感动，一惊一乍
都成诗意，这种美具有独特
的魅力，恢宏，灵动

夕阳渐渐西下，此刻霞光万道
好似湖中深处才是
太阳故乡，丝丝缕缕金线弥漫
无不蕴含无限遐思

去吧，狮子山
我们相约一场黄昏绚烂

2022 年 10 月 23 日

注：①狮子山位于鄱阳县团林乡，内湖畔。

苦 楝 树

看见光秃的枝头
乍以为枯萎，死去
可春风一吹，竟硬生生
挺了过来

你用细碎的叶片，支撑起
一方世界，茂密的浓荫
护身下众生周全

待风凉，又解去青衫
献出蕴藏一生的蔟蔟累实
供鸟儿采摘，度冬

可偏偏你叫苦楝树
却添了止不住的
痛苦与悲伤

2022 年 4 月

金强，江西婺源人。中国诗歌学会会员。作品发表于国内各大报纸杂志，并被选入各类选本。曾获中华诗词大赛"当代杯"优秀奖。

望 烟 阁

阁楼的骨架已经建好
它的魂也已经归位
它亲身经历过的那段历史，会
在人们的心灵深处安放
陪伴它的那棵大树，会
重新和它一起撑起
山脚下的袅袅炊烟
……

微风、霞云、落日
连同身后拓落在
石头上的影子
我会在离开之前
——摆放整齐

2022 年 11 月 21 日

冬 夜

露珠从草上长出来

月色从水里游上了岸

山后的竹子窃窃私语，风止住了
他们的嬉闹声
大地苍凉，像一座年久失修的老桥
人们的梦乡，逐渐坍塌
零星的灯火，淹没了一个个村庄

2022 年 12 月 7 日

金飞飞，1993 年出生，江西永新人。江西省楹联学会会员，《星火》第三届写作训练营、吉安市首届青年作家培训班学员。

J

在葛仙山，竹林是茂盛的寺庙

观音的手势悬在山顶
晶莹的清露挂在爱人的心尖
轻轻一吻，一部经书就坠入了凡尘
佛香林立，升起轻雾般的眼神

敲一敲竹竿，木鱼的寂寞跌落满山的空
竹林千手伸展，玲珑的风覆盖了生死驿站
放肆地生长慈悲，一截截秀丽的心肠
装满前世的顿觉——

我还在山脚，但我知道
站立或跪坐，我、竹林与山顶的寺庙
每一个低眉顺眼的姿势
都是为了点燃青翠而修长的生长

原载《浙江诗人》2022 年第 2 期

高铁掠过山村

车，携带梦的神秘滑进村庄

比他手上磨了又磨的柴刀还快

他这样想时，抬起头
看见自己最小的女儿
正穿着一身红色的高姐服
行走在平稳的车厢里
从山村的边沿飞掠而过

他心头震颤——
高铁的流水线系着她轻盈的脚步
每隔一天，就向这层层被田埂捆绑的
家园报到

原载《星星》2022 年第 4 期

科夫，原名王科福，1965 年出生。江西省作家协会会员。在《星星》《天涯》
《中国青年报》《中国校园文学》等国内多家报纸杂志发表作品，偶有获奖。
出版诗集《教育诗篇》、散文集《阳光地带》等。

K

铁做的女儿身

美发店里
洗头小妹调侃我
"姐姐头皮好硬
揉得我指腹疼"
美容院老板娘笑说
"我做美容多年
头一次遇到这么硬的女人手"
她们说的,全是实话

明明是一块铁
父母却用它锻造女儿身
牛背上长大的孩子
铜墙铁壁中,左突右奔
纵有铁做的骨头
血肉之躯,焉能不落败

是铁
就淬火做成刀枪剑戟、锄镰犁耙
是水
就用柔软和洁净塑出个
千娇百媚女儿身

倘若有来世

愿于烈火中化作一泓铁水

汇入家乡的河流

蓝天碧水，随波逐流

如此，甚好

原载《井冈山报》 2022 年 5 月 20 日

八角楼的灯光

指间闪闪烁烁的烟卷

点燃了工农武装割据的亮光

伏案疾书的背影，以手中如椽巨笔

掷向麻木、腐朽

革了旧世界的命

任何残暴

如何阻挡井冈山斗争的火种迅疾蔓延

一切迷雾

怎能长久遮蔽渴盼幸福的双眼

书籍里的山水

葳蕤成历史长河里璀璨夺目的画卷

一豆灯火

越过窄窄浅浅的窗棂

刺破行将就木的黑暗

一线光明

从八角形的天窗飞奔而出

嫁接东方喷薄的朝阳

以燎原之势

席卷全球

原载《井冈山报》2022 年 1 月 17 日

邝慧，女，1970 年出生。江西省作家协会会员。诗歌入选《每日一诗》（2021 年卷、2022 年卷）等各种选本。

在仙女山遇见一匹马

谁会有这样的准备呢？在仙女山
在一场梦幻般的大雾中
一个属马的人
在山顶辽阔的草原上遇见一匹马

天地无穷，那马正低着头在静静地吃草
在它的身前身后
在远方像水乳般漫开的白雾里
还有无数匹马，它们若隐若现，似有似无
没有人认出
无数匹马，其实是同一匹马

是一匹枣红马，它在静静地吃草
我在静静地看着它
它发现我在看着它但没有躲我
我注意到了它的眼睛，它的眼睛寂寞又忧伤
它在静静地吃草但更像在嗅那些草
抚摸和安慰那些草
我的眼泪就在这个时候涌了出来

我知道我的前辈曾在这里打过仗

L

有人倒在山上但没有任何人

留下他们的名字

我愿意那场战争刚刚结束，让我跛着一条腿

回来寻找我的坐骑

我知道我未来的日子有多么艰难

我知道我必须借助

这匹马的力量

走遍战场，去填平那些弹坑

让仍在等待的人心有

所属，不至于被泪水浸泡余生

原载《人民文学》2022 年第 8 期

一 鲸 落

它把死留着，就像花朵把绽放留着

鸟儿把歌唱留着；落日把漫天霞光，把一天中

最灿烂最凄美的凋谢

留着

是这样。无数比喻中，我最欣赏落日

它们一个高高在天

一个深深在海

二者可以相互印证，相互衬托和映照

事情的原委是，一头鲸死了，它死在北太平洋

最辽阔最深的海域，死在自己

最庞大的时刻

当死亡来临，它用最后的力气

缓缓沉落，如同燃烧的火炬缓缓熄灭，一架山缓缓倒塌

秋天的一片落叶缓缓飘落，不掀起大海的

一片微澜

迎接它的是万丈深渊，那儿贫瘠、荒凉、寂静

无边无际的黑暗中，饿殍遍野

接着它开始腐烂，它的肉身和骨骼

开始成为水底的一座城

一片沃野和江山

一片德沃夏克讴歌过的崭新的大陆

我歌颂这伟大的重构——一鲸落而万物生

原载《诗刊》2022 年第 11 期

L

老兵在夜色中返乡

老兵是我。我选择在夜色中返乡

奥秘在于我确实老了

想到了落叶归根。而我未老时，必须未雨绸缪

必须冲锋陷阵，必须完成对一个个高地的

攀登、占领和坚守

当我载誉归来，我必须想到

在某所房子的某扇窗口，应该有一个人

在等我，脸上有着白雪的光泽

老兵在夜色中返乡，中间隔着

另一个孩子成为老兵的

一段路程。我如此返回四十年前离开的故乡

是让一个白发苍苍的人返回

满头青丝，让一口南腔北调

返回我熟悉的乡音

我在夜色中返乡，终究还想看看

四十年日出日落，我要

返回的故乡，是否还是从前的故乡

我在夜色中返乡，踩着熟悉的路

往回走，远山的天际线还是从前那样起伏

村里的狗吠依旧高一声

低一声；乡亲们还在田野里劳作

还像当年那样犁田的犁田，插秧的插秧

把裤腿挽上大腿根，却看不清

他们的脸；而看不清他们的脸

那一张张脸，就还是四十年前的样子

年轻，黢黑，挂着豆大的汗珠

我喊一个名字，所有的名字都会围过来

抽我散给他们的烟；不抽的

接过来嗅一嗅，夹在耳朵上

在夜色中返乡，那些陆续躺在山上的人

都回到了田野

而我们减去四十年，再一次在人间重逢

原载《人民文学》2022 年第 8 期

刘立云，1954 年 12 月出生，江西宁冈（现为井冈山市）人。第五届鲁
迅文学奖得主，出版诗集《烤蓝》、长篇纪实文学《瞳人》等二十余部。曾
获《萌芽》《诗刊》《人民文学》《十月》年度优秀作品奖、闻一多诗歌奖、
全军文学新作品特殊贡献奖，中国人民解放军图书奖。

L

L

冬夜的雨

本该飘雪的季节
雨在飞扬
枝头几片黄叶已无力逞强
街面上汇聚的雨水
像快乐游动的鱼
在冬夜的荒凉里游弋
潮湿的空气集着冷意
明天会是怎样的温度
雨还在继续……
莫非想把这冬夜的寂静
彻底打破

2022 年 12 月

兰馨，女，江西九江永修县人。

在赣江边看水花

更远的是太平洋

近些是东海

再近些，是长江

溯长江而上，入赣江

我就在赣江的中上游

大江与海洋呈现的

是气势磅礴的壮美

此地唯有波澜不惊的美

数十年来我已习惯

做同一件事——

在赣江边看水。水也会开花

无形的手在按，在揉，在推，在挤

无数朵水花就绽放在我眼前

岸边的城市，一新再新

水边的村庄，美了更美

山山水水一天比一天亮丽

可以确信的是

L

水花也开得越烂漫

2022 年 8 月 1 日

蓝希琳，1975 年出生，畲族，江西赣州人。江西省作家协会会员。作品散见省内外各大刊物。作品入选《2016江西诗歌年选》《新世纪江西散文诗精选》等多种选本。

火 焰

大多数时候
人都会忘了自己
身体里的燃烧

除了儿时的冬天
衣着单薄的我们
冷得脚发麻靠跺脚缓解时
会被老师笑：你们不是真的冷
小伢腋下，都有三把火

或者人老了
坐在阳光下，还是喊冷。
这一年，我时常握起母亲的手
感觉那种凉意，感觉她的火焰
正缓缓熄灭

2022 年 8 月 29 日

福 报

聊到在寺院功德碑上留名

师父说，其实福报最大的是
做了功德，不留痕迹

只是福报是得官？得财？得平安
报在现世？或是下一辈子
那么大的福报，需要怎样的布施来交换

我想我的布施，是我不知道自己
想要些什么。不如让我该怎样
就怎样。什么我都不求

2022 年 9 月 5 日

老乐，原名邹东旺，江西广昌人。作品见各类杂志刊物及部分诗歌选本。出版诗集《火焰》。2022 年获超人杯世界华语诗歌大赛金奖、"魔梨杯"中文同题诗大赛季军。

夏夜才是最好的

我们都在等着暮色

像一个容器，那些焦虑浸透了梦境

星子一个一个地蹦了出来

虫声淹没了容器，像一次涨潮

接着像一次落潮

因饱满，而动荡不安的豆架

一眨眼，火萤飞出

一些星被引渡到人间，然后四散

我知道，好看的星辰都长在土里

虽然太阳花还在等着太阳

父亲已经用井水泼地

稀粥瓜果，竹床炊烟

那些暮云，鳞的形状

我们如鱼一般，一生都在水里

蒲扇底下的清风，狗尾巴草晃啊晃

幸好我们渺小，只管彼此相爱

2022 年 8 月 8 日

冷冰，曾用笔名易宁、大江以西，1972 年出生，江西修水人。江西省作家协会会员。在国内各大报纸杂志发表作品多篇，著有散文集《青砖》。曾获得 2007 年中国年度杂文奖。

L

小雪是一首乐曲

寒意越来越重了

温暖的音符渐慢渐弱

不等雪花落下

我已敞开怀抱

以便随时用爱把你覆盖

在你怀里

也有一顶雪花漫舞的帷幕

把所有道路遮蔽

独独为我留出一隅

前脚刚刚踏入

那两朵蓓蕾便开始颤动

雪枝上，粉红的花苞

瞬间开启

雪越下越大

为抖动的花蕊柔声伴唱

2022 年 11 月 22 日

冷慰怀，1945 年出生，江西宜春人。中国作家协会会员。在国内外各类报纸杂志发表作品约四百万字，获得过各类征文大赛奖励三十余项。著有诗集六种，散文、评论和纪实文学四种。主编《"苍生杯"全国有奖征文作品集·苍生录》七卷。

L

她二胎还是生了个女孩

她生第一胎
刚发作时
公公婆婆
坐车从老家赶来
车还没到
她所在的城市
她就生了
一个女孩
公公婆婆听到消息
中途下车
重新搭车
回老家去了

2022 年 2 月 17 日

礼兰，原名李桂兰，女，1980 年出生，江西万载人。有作品入选《新世纪诗典》。

雨雾里的故乡

故乡，沉浸在晨雾
溪流不再清纯
小路不再漆黑、泥泞
一垄垄的田野，不再追逐稻香
洋楼剪碎了炊烟
双辫的小芳，奔波在南方的小渔村
巷口的老人，叙说远方
故乡啊！早已逝去熟悉的模样

雾后的故土
用一山一河的倔强，拴住我思乡的梦
楼台、妻儿、霓虹灯、珠江——
依旧不是我栖落的土壤
笑问我是谁
我是孤雁
飞翔在昼夜
找寻那块滴水的磐石，让梦安睡

迷雾的故乡。亲人背起行囊，迈入轮回的大山
我儿时的足印，消逝在一场场春雨中
红豆，萌芽、愈发倔强

杜宇的那片嫣红，找寻雨雾中的那朵滴露

2022 年 8 月 7 日

L

李进，1968 年出生，九江人。顺德界外诗社发起人之一。作品散见书刊网络和诗集选本，荣获多种征文荣誉称号。现居广东顺德。

中秋月夜

秋高，气爽
花好，月圆
月色很美
思念太长

岁月把每年的中秋圆月
雕刻成一圈圈沧桑的年轮，凝成
一部厚重的史书，而我
只想换种方式读懂你美丽的脸庞

中秋的月饼是奖给
大唐勇士们的勋章
梦里的李将军奏着
凯旋的乐章，吐鲁番人把胡饼
献给了他乡，这个辽阔又强大的大唐

还好，庭前的桂花树旁
藏着一把盛有桂花酒的老壶
轻轻一晃，倒映着伐桂的吴刚
不知，街坊的嫦娥是否也
沉浸在，这月色沉醉的晚上

2022 年 9 月 10 日

夏天划过我窗前

暴躁的夏天夹着聒噪的蝉鸣
炙烤着温柔的大地
沉默的夏虫钻进地里
用力撑起大地

几只彩蝶拍打着暑气
冲进了我的视线
模糊了我的双眼

一只只闪烁的蜻蜓，是夏天里
窗前读过的一行行诗
一阵雷雨是一段苦难的历程
洗涤我浮躁的灵魂
好让我屏气凝神，静读那部史诗
犹如夏天从我窗前走过
深邃的秋天等着我去琢磨

2022 年 8 月 6 日

李林林，笔名甘霖，80 后，江西永新人。中学教师。业余爱好诗歌创作，有诗作入选《青年诗歌年鉴（2021 年卷）》等选本。

独 角 兽

它一定是孤独的
孤独如它的一只犄角
如一场独角戏
孤独如另类

两只角四只角
就不孤独吗
孤独往往不请自来
或兽或人，如影随形
在孤独者的背后。你是否看见
它的自由部分
尖锐部分

包 心 菜

含蓄而内敛。一出生
她就喜欢把自己包裹起来
叶片的衣服一层又一层

L

层层包裹的内心

不见天日，也不示人
不让一丝风雨入侵
一丝尘埃玷污
心就越包越白，越包越纯

心里话从不轻易吐露
有谁知道，包心菜期待一个人
小心翼翼一页一页将她剥开
那个唯一见到她真心的人

原载《诗潮》2022 年 11 月号

李佩文，1965 年出生，江西新余人。中国诗歌学会会员、中国散文学会会员，新余市作家协会副主席、新余市评论家协会名誉副主席，第三十届中国新闻奖报纸副刊作品初评委。作品散见于国内各大报纸杂志，入选国内多个诗歌选本。著有诗文集《窗前》《如果可以》，编选《新余诗歌年选》等文学图书七部。曾获《诗潮》《诗选刊》征文奖。

一枚橄榄果：献给南港

南港：一个小小的江南乡镇，蜗居乐平的角落
蜿蜒的山路紧随他的命运
中巴车筋疲力尽。一百里的路程与
并不繁华的县城仿佛隔了一个世纪
确认他矮小的身材和疲倦的身躯

水稻和青菜在虚设宴席的田野。泪流满面
道路两旁是病态的白杨
蔚蓝是期盼的天堂
并不单薄的泥土，沾满湿漉漉的汗水
房屋，载不动岁月的纠缠与挣扎

孩子。灯光。教师勉强的笑脸
豪华的轿车，辗过破旧的教室和陈旧的课本
膨胀的白纸隐藏高贵面孔的躲躲闪闪
孩子！孩子！富丽的大楼
愿和你们自由呼吸

在一杯开水之间，茶叶上下翻腾
相爱的女子已褪去羞涩的衬衫
远走他乡。百合花在山野含泪怒放

疲惫的男人，飘零何处
古典的爱情，偶尔被老人不经意地谈及

南港，一枚苦涩的果实。含在口中，疼在心中
都市的面容。都市的寂夜
我常在睡梦中呼喊
南港，我生命中最值怀念的章节
烛光摇曳，烛光摇曳

祖国的太阳，祖国的春天
抚摸南港的躯体
整畈水道和整畦青菜都在健康地成长
铺满澄静的天空、大地、山川、河流……
盛开红土地上人们的欢颜

十字路口，想起一场简单的梦

站在大街的十字路口，我不知道
捡拾了什么，遗忘了什么
只依稀记得某一次梦中
丛林中闪过的一只蝴蝶
是追逐幸福还是背叛幸福

故人留下依稀的背影
为了一只蝴蝶，在大街的花圃中

醒来。我不知道该站立多久
一辆中巴车的尖叫刻薄了我的回忆
站在十字路口，我不知所措

2022 年 4 月

　　李贤平，1976 年出生，江西乐平人。中国文艺评论家协会会员，江西省作家协会理事，南昌市文艺评论家协会副主席，《诗江西》执行主编。著有诗集《大地上的孩子》，评论《江西文学观察笔记》《江西新诗编年史（1949—2019）》。诗歌荣获 1999 年"诗神杯"全国新诗大奖赛三等奖，评论荣获江西省第五届谷雨文学奖评论奖三等奖、中国第三届地域诗歌奖（江西地域主题）评论奖。

L

怀旧之心四处散落

我喜欢上世纪八九十年代港台歌曲
我喜欢在古代草原只能骑着骏马奔驰
我喜欢才子以琴棋诗书画吸引佳人
我喜欢春秋战国那种精神约好打架分地盘
所有都过去了，散落于脚下
偶尔还会找出个半调，为自己赎魂

2022 年 9 月 26 日

我真的只想做个乡下人

多年前赣中南部李姓家谱
寄存我家里一份。病中翻阅
查证自己是李世民四十九世孙
非常得意。现在我看法不同
兄弟相残的毛病代代相传
我绝不要，哪怕被动，也必须躲避
那么多人想穿越古代做人上人

可我更喜欢现代，可以亲手种粮种果
每天，没有现代社会那种种疲惫
养一条狗一群鸡一群鸭一塘鱼
与至亲一起，过完余生

2022 年 4 月 17 日

李祚福，笔名皿成千，1979 年出生。诗作见《诗刊》《诗潮》《浙江诗人》《诗选刊》《山东文学》等刊物。

L

L

汉字文化公园记

拾级而入，时间的门敞开

文字的海洋，一浪高过一浪

古朴庄重的建筑群，亭台楼阁

结绳记事晨昏更迭，海水漫过仓颉许慎

破土而出，瓜熟蒂落

一个个汉字向我们走来……

阳光和微风造访

围环而坐，文字与我们一起聆听

背包为凭，眼神为信

风把朗读声打包装裱，镌刻上云朵

我们如镶嵌在

时空里的一枚枚汉字

紧裹着自身秘密

又一次次奔赴

冷与暖，鲜亮与苦楚

走近文字，走近自己走近你

太初有字，远古的脚步声响起

申时末，天空飘起了细雨

小雨代替我们守候

之后，还有

流云，山野，晨昏和鸟鸣

原载《现代青年》2022 年第 10 期

梁舒慧，女，1981 年出生。江西省作家协会会员，赣州南康区作家协会副主席。作品入选《2018 江西诗歌年选》《陪孩子读好诗》等，出版诗文集《素胚勾勒》。获江西工人报"佳作奖""十佳网络人气诗人"及江西省作家协会与赣州文联联合主办的"大美石城"全国诗歌大赛优秀奖等。

L

我仍旧在意伤害

时间是有的，在一朵花前
芬香是够用的。草地上
横卧着秋天的微凉
像一个人的到来，出现的瞬间
不仅仅是风会成为阻碍者

暮色在莫须有的罪名里
稍显无助、孤单，像一个人
走在紧密的年龄里，翻找他的
童年，有不为人知的出身

新的发现，止于此
但避免不了把旧事重提
我仍旧在意伤害，躲不过的
那摆在明处的，像生活中的白发
已经覆盖满了我中年的头上

原载《散文诗世界》2022 年 11 期

山村即景

小河清透，从年头流到年尾
桥面上，覆盖着生活的砂砾
天空像一张微整过的脸庞
远山轻佻，用淡妆绘描着二月

麻雀立正稍息，带来了谁家的喜庆
没人去躲一场轻痒的小雨
雨中草木骚动，夜守着村头的小路
寂静，像一张网撒开

风没兑现守口如瓶的承诺
山村的静，并没有到头
守护一缕向上的炊烟，往灶口
递柴的人，到了越看越老的年纪

原载《青春·汉风》2022 年 2 期

廖作舟，原名廖作珠，1978 年出生，江西宜春人。诗文发表于国内各大报纸杂志，诗作入选《2016 年江西诗歌年选》等各类选本。现居广东东莞。

L

野　鸭

最先看见的是乌桕、苦楮树
在岸边，被风吹红或变黄
接着是一溪清水
自在流淌
这时，世界是宁静的
直到一只野鸭的加入
不，是两只
它们互相啄洗羽毛
间或叫唤一两声
当一只野鸭离开了另一只
消失在茫茫水面
一层毛茸茸的
清冷波纹
撩拨着泥土松软的堤岸

原载《十月》2022 年第 5 期

荠菜之诗

你喜欢的荠菜又回到大地

但一同挖荠菜的人已走了

你喜欢的荠菜已摆上餐桌
但愉悦的唇舌和味蕾已消失

你喜欢的荠菜被春风吹拂着
但热烈的凝视已冰凉

你喜欢的荠菜绿得令人想哭泣
但流泪的眼睛已闭合

你喜欢的、想哭泣的
荠菜，荠菜。被春风吹回大地……

原载《十月》2022 年第 5 期

L

长　卷

天井漏下天光
簸箕里团着腌咸菜
竹竿晾着的被单开出牡丹花

族人们沿着水口
组成十三户人家
此处，山高人声稀

落日悬在山崖

马溪河流出石耳山

途中，有一部分会结冰

原载《诗刊》2022 年第 11 期上半月刊

　　林莉，女，中国作家协会会员。诗文见国内各大报纸杂志，入选各年度选本。出版诗集多部。获华文青年诗人奖、江西年度诗人奖、第六届江西谷雨文学奖、红高粱诗歌奖、扬子江诗学奖等，曾参加诗刊社第 24 届青春诗会。

人 之 初

我家的后山坡上有许多的坟墓

那是一片林子，有苦楮树、杉树

秋天的落叶厚厚地覆盖了山地

我经常找一个斜坡从上面滑下来

看到的是白花花的天空和碎花花的叶影

我不知疲倦地爬上坡再滑下来

一座老坟挡住我

就像外祖母抱住我跟跄的脚步

玩够了，我薅起坟头上厚厚的落叶松针，

装满一大篮子走出树林回家给母亲生火做饭

一缕缕炊烟从烟囱里袅袅升起

那是我人生最初的成就感

L

2022 年 11 月

一 句 话

话语的风声传来

流淌得时间亦告冰封

我令我那安然的心转而不安
囚禁的美从旧铜镜中折射出光
让孤独现身
但鉴于我们一起走过的路
星月却又被铜镜收起

2022 年 12 月

林麦子，江西景德镇人。诗歌发表在《星火》《江西工人报》等刊物，有诗歌选入多部选本，偶有获奖。

L

每一朵花开

每一朵花开
都有一个心思
这心思我不懂，你也不懂
但蜜蜂懂，蝴蝶懂
连微风也懂
不然，怎会在微风中频频点头

2022 年 3 月

L

海滩与脚印

绵柔的海滩脚印纷乱
海浪，不厌其烦涌上海滩
又不知疲倦退回海里
起起落落，如此执着专注
把海滩上或长或短或深或浅的脚印
一个个抹平，恢复海滩的原样
在纷纷扰扰的世界里

我们，或深或浅的记忆

或多或少的爱恨情仇

能不能在时间的浪潮里抚平

恢复来自内心的善良

以及，那久违的温情

2022 年 6 月

林仁辉，笔名灰鸽，1967 年出生，江西省赣州人。有诗歌散文、小小说等在《江西日报》《江西工人报》《赣南日报》等报纸杂志及网络平台上发表。

在鄱湖，与春天相遇

我追风而来
将欲乘风而去

这里，水涨水落，又水落水涨
这里，水肥草美，浩渺辽阔
我想，我们和它们
有如一首唐诗的清鲜
一声呼唤的神圣
我只想，用一次完美的飞翔
把黄昏留给自己
把星星送给渔舟

我们静默。在清晨的湖洲，嗅着
霞光里的渔汛，嗅着羽毛尖上划过的
南风。当我用翼翅击起水花，激起澎湃的快意
就在我的湖湾
不期与春天相遇了

湖水无垠啊，无垠的尽头是故乡
远，总有从冬到春的距离。远
则思念绵长。那长风从天边吹来

一直吹到水草泛绿。又从昨夜

吹到今晨，吹满我的天空

如繁星点点，如仙女散花，如流云飘逸

啊！向北，起飞，我们要乘风而去

你们看，湖天之间，忽如潮水汹涌——

汇成了春的汪洋

2022 年 3 月 5 日

琳子，原名黄武华，1957 年 12 月出生。江西省诗词学会会员、九江市
作家协会会员。自印诗集《芳华集》《碧琳集》。

回家的路

有人在打探路的长短

有人在用钱币和轮胎，为一条路

扫清障碍，回家的路

总是让人充满着希望和期待

一只蚂蚁回家，穿过了我的脚印

就像涉过了万里江山

蝴蝶回家，有花朵作向导

芳香是它必须要经过的领地

鱼们回家是轻松的

即使游得再快，也从不流汗

它们的路已被水稀释，每一滴水

都是路的基石

现在好了，回家的路就在眼前

一部手机就能通向路的尽头

把路握在手上或者塞进口袋里，便可以

L

让路随着一个人的心事和计划同行

2022 年 11 月 9 日

灵川，原名邱荣根，1954 年出生，江西临川人。江西省作家协会会员。《仙女湖》杂志·诗歌"江西卷"主编。在国内外一百八十余种报纸杂志上发表诗文一千余首(组)。曾获德国 Agritechnica 征文大赛新颖创意奖、澳门首届"龙文化金奖""东坡文学奖"、新诗百年百位网络最给力诗人奖、"春天送你一首诗"征文三等奖等多种大小奖项。

向 日 葵

有人说你向往阳光
我却说你总看太阳脸色
是个见风使舵
无利不起早的家伙

向日葵说
你们都说得对
但我得对腹中的十万颗籽粒负责

2022 年 3 月 5 日

L

我们不能怨自己母亲

她的确是有她的脾气
一辈子争强好胜
什么都不愿意比别人低
如果她生了气
一定是你让她不满意

我们不要怨母亲，而应该是爱

母亲也是个大活人

并非圣母，所以

要像爱普通人一样爱她

不要给她过多的道德高帽

对已逝的母亲，我们要怀念

对于活着的母亲，我们应好好珍惜

2022 年 9 月 24 日

保安弟弟

这些正长

青春痘的

年轻人

他们从不敢

与我们对视

他们要么

按下遥控键

起杆

下杆

要么只盯着

手上的那个

便宜手机

2022 年 7 月 17 日

刘傲夫，原名刘水发，1979 年出生，江西瑞金人。近年崛起的中国口语诗歌代表性诗人之一。创建有傲夫诗社、中国现代诗巡展网，主持"中国现代诗巡展"项目。有诗发表于国内各大诗刊，入选国内各大选本。

L

二 月

昨天晚上下过雨

窗台上晾衣杆上的雨滴很鲜活

放假第一天

和小姑娘一起起床，穿衣

给她剪指甲

那小小的手很听话

陪她吃早餐

她画画，我在后面

给她轻轻地慢慢地扎辫子

回想小时候妈妈给我扎辫子

又遥想等老了

她会不会给我梳理满头白发

我去烧水，泡茶

小姑娘一直跟随在左右

在她眼里爱就是在看得见的地方

爱就是说出来的话语

时间真是个好东西

我们有时亲吻，有时相互拥抱

在二月的伊始对饮一杯飘雪

陪伴，是多么温馨又有力量

2022 年 2 月

刘春梅，女，网名天堂鸟，1978 年出生，江西新余人。江西省作家协会会员。部分作品发表于国内各大刊物。

端 午 辞

菖蒲软　艾草软

端午雨何为苦苦磨成

钟馗剑

分行无力　造句矫情

巨石落水　沉船太轻

无数水花追逐鲜血一滴

饱含忧愤的诗人头颅

倒插江心　家国的肌肤

划开一道裂缝

稻花懂得　粽叶知恩

诗不能获得应有的尊严

你舍得骨肉啖鬼吗

云水追随的诗人

穿越千年　一根瘦骨

为何能贿赂铁和肥胖的抒情

2022 年 6 月

刘道远，号临川钓雪，1966 年出生，江西临川人。江西省作家协会会员，中国工艺美术家协会会员。出版过诗集。2005 年参加《人民文学》杂志社全国诗人笔会。2016 年评为中国诗歌网第 9 期"每周之星"。现居上海。

L

L

老　井

水，一直溢出井沟，通向低处
那里有未来的鱼虾，在练习跳跃

只是，最初落入那轮宋时的月盘
有时沉在井底，有时浮在水面
但从没有随着溢出的井水流走
打水的人，一辈轮一辈

皆成了，匆匆过客
井口的青石被岁月踩踏
凹陷了寸深

原载《特区文学》2022 年 4 期下半月刊

落叶的轨迹

一片枯了的菩提叶
一直在伸出墙外的枝丫上

默念经文，奈何，西风催促
只因，常听寺庙的诵经
木鱼声，还有撞击的钟声
菩提之叶，怎能轻落于尘世
愿清风托举过，这高厚的墙
落于庙院内，佛门净地
再聆听一回，佛之梵音
然后，任小沙弥的扫帚
——超渡

原载《圣地诗刊》2022 年第 6 期

刘飞，原名刘小彬，江西永新人。《神州诗歌报》总编助理、《北方诗歌》
编辑。有诗作在各网络平台、纸刊、选集、丛书发表。现居广东东莞。

L

L

天空每天干着同一件事

将太阳和月亮拆开来，云剪断

舞台的线，一半落下乌鸦的黑，另一半

飘下六月雪

十月金秋该分的已经分了，稻草人

还没有拔出泥潭

她用风动的手指指向天空的石片

没有说出要说的语言，但有一种弹奏清月的声音

从侠骨柔肠逃散，一身暖热被

寒风吞噬

2022 年 10 月 3 日

重阳随想

夕阳，从山的那边

落下去，寒气就会在绳索上疯长起来

惊惶的空气和土地的冷流

会从脚跟漫延上来，冻住火焰的肠结

和光热消亡的日子

今天的我，不登山，不登顶，与山河

再无密语，与岁月再无奢望

唯有消磨这不堪的美好，放空潮汐的血

向着

背山而去的日光，俯首鞠躬

2022 年 10 月 4 日

浮　城

南来北往的车，南来北往的众生

像一片片填塞时空的叶子，被光揉进

拥挤的窗户和丛林支起的悬岩

——烫金的十月，烫金的黄昏和烫金的群楼

高耸

一片片失色的灵丘，低垂

一双双散开的瞳孔在云天游弋，像

迷失的火苗，跳动在

飞蛾的路上

2022 年 10 月 6 日

刘合军，江西萍乡人。诗坛壹周诗刊社社长兼主编，中国大湾区诗汇副主席，大湾文学副社长兼主编。出版诗集《一寸人间》等八部，主编《诗坛—2018》《诗坛—2019》《诗坛—2020》。有一千八百首诗歌在国内外多种文学刊物发表，获奖若干。现居广东珠海。

刺 客

雨声填充马鞍山

茶亭瓦片之下，等雨停歇

一名刺客以花斑蒙脸，伺机

向我袭来

不知为什么，现在如此

犹豫，对一剑刺入后背的敌人

一再拱手相让

——起身入雨

这时两个人不偏不倚，步履和谐

朝一盏昏黄的白炽灯走去

原载《文学港》2022 年第 5 期

在黑暗中

物在发光——像白色的雾气。它们一直在我的身边活着，悄无声息。

蒙尘的眼睛难以察觉。

屏住呼吸，才能听见它们在相互攀谈。

一件肥腻的羽绒服正对一张黑漆色木椅叙说

潜伏在他身上的烟草味，而木椅指着掉漆的靠背，说：

往日成忆，如烟，不可追。

唯有在黑暗中，那些日常生活中不可言说的事物才活泛起来。

事物本身发散出来的光亮，有一种古朴，不得不让人另眼相看。

原载《散文诗（青年版）》2022 年第 5 期

刘华，1989 年出生，江西莲花县人。江西省作家协会会员。先后在国内各大诗刊等发表作品，著有诗集《恍若星辰，恍若尘埃》。获第六届扬子江年度青年诗人奖等。

亲亲稻子

一棵稻子横亘在眼前

好似在江南的草场

撞见一匹北方的雪狼

我全身喷涌着战栗的水花

这棵从故乡跑来的稻子

灰头土脸伫立在大道旁

她探头探脑丈量着

手挽手的汽车和电线杆

秋风把稻子吹得酒醉般颤响

鸟雀踏着稻子的头顶跳着探戈

人群追赶着一朵朵彩色的尘埃

晚霞与路灯日日夜夜争吵不休

稻子吆,我亲亲的稻子

你何苦跑出童年跑入城市

早已用强力抗生素消灭的乡愁

又被你用太阳色的身躯点燃

2022 年 8 月 3 日

刘会然，1977 年出生，江西吉水人。中国作家协会会员，浙江省作家协会第二批"新荷计划"青年作家人才库作家。作品散见国内各大刊物。出版有短篇小说集《少年与花秧村往事》等多部。获全国梁斌小说奖、首届中国校园文学奖等。现居浙江义乌。

和平诗行

军号吹响，晨光舒展
天地之间，万物苏醒
美好时光，含蓄着风声
一名战士的忧患
仿佛某根神经一样，日夜推敲

和平就像我打开了双手，祖国打开了怀抱
所有的梦想，在这个秋天生长
说起新时代，让我更新了飞翔的翅羽
每一滴青草上的朝露
都涌动着新时代潮水和饱满的祝福

士兵们迎着晨光奔跑
号声震天，战车轰鸣
我把它描述成一次次冲锋
翻滚的热浪，蓝天下
一首热烈的战斗诗行
他们用青春和信仰，把战场瞄准
他们反复推演，把战争提炼成视角
把和平使命扛上肩膀
长空催开，和平像一列疾速的专列

L

提速，提速

此时我目睹了我的祖国

崛起的风帆和奔涌的波浪

原载《解放军报》2022 年 10 月 19 日

刘九流，1986 年出生，江西于都人。中国作家协会会员，江西省第五届青年作家改稿班学员。有作品在《人民文学》《解放军报》《解放军文艺》等报纸杂志发表，作品入选《新世纪江西文学精品选（2000—2019）》，出版诗集《到处都是轰鸣》。

镜　子

红色暗影落在你的脸上等待回应
裹在不规则的线条上
黑色事物慢慢拔除它的阴翳

黑暗里凸出的装饰存留在脸上
我们移动得那么窄小渴望真正的拥抱
一种陈旧的有光泽的颜色

你现在只会一种姿态已然疲惫
习惯性的冰冷和拒绝
在蜡烛面前分三次展出你的笑容

隐藏的酒杯在梦中被打碎
带有雪花的装饰绕瓶口一圈
人们喝下这种液体
我们的时间如何被钟声计算

微微张开的嘴唇演示过多遍
没有情感的亲吻看见更多灯光
具有立体的魔力这是强加的阴霭
我知道有一只眼睛拥有更多的雾气

L

你的表演折叠多次横亘在我们之间
敲击钟表的脸痛苦在镜子的背面
这不像是欲望的一个伪装
我只触碰泪珠和凝固的脸

当我们老去我们的梦境如何安放

你看到了吗那个鲜红的颜色
一个伤口这个世界多么奇妙
它拥有一个如此美丽的缺失

我们绝不可能走进——
其他人妄想滋长的苦难的房间
相反的叙述埋藏着秘密

中断早就成为常态
暴风雪肆虐的黑夜里
一间盛满灰尘的房子跟随狂风
病床上是一个苍白少年的诡异的脸

我们之间是否有某种展览式的温情
——这多么令人可悲
他说请让他向往自由

依靠颜色辨别不可追及的
年老的孩子温习年轻的躯体
当我们老去就与梦境一同和解

2022 年 12 月

刘兰，女，1999 年出生。高中语文教师。江西省作家协会会员。作品发表于《星星》《诗歌月刊》等刊物。

外婆的菜地

黄豆在晒太阳
辣椒开了小白花
四季豆、白玉豆开始牵藤
蚕豆赶趟儿的挂果
石榴树的花开始红艳
枣子树的叶嫩绿得更可爱
柚子树的白花诱人
阳光下，母鸡打盹、公鸡打鸣
偶尔风吹过，马尾松老的松果落下
麻雀却是无忧的
它的浅啼拂过灶前外婆的忙碌
荠菜已洗净在砧板上切好

2022 年 5 月

谷　雨

最先得到消息的，是布谷鸟

风还有些冷

雨也细密、缠绵

涨水了

风一吹，杜鹃就红遍春山

撒下去的谷种

鲜活地发芽

2022 年 3 月

刘绍文，1968 年出生，江西上饶人。中国诗歌学会会员，广东省作家协会会员，广州市荔湾区作家协会副主席。作品见于国内各大报纸杂志，并入选多种选本。著有诗集《最忆是故乡》《另一种皈依》。现居广州。

L

竹林听雨

那一片竹林

雨点滴在竹叶上

溅到了金大侠的书上

挪，腾，弹，跳

借力打力

四两拨千斤

竹叶便已是短兵相接

一个是鱼肠剑

一个是柳叶刀

一个削铁如泥

一个快刀斩乱麻

江湖早已是腥风血雨

直到雨点安全落地

稳坐莲花座

一切似乎就要平静下来

这时

后来的雨点们

越来越急

越来越急

这竹林

这江湖

都是乱了套

满地的莲花

也是刀光剑影

你争我抢

你推我拉

你下我上

你死我活

哪里还容得下

让一滴雨点独占莲座

终于，沧海

变桑田

历史泛滥

成

河

2022 年 12 月

刘世军，江西万安人。独创"青花词"诗体写作，作品入选国内外各大刊物和诗歌选本。现居广州。

水　南

水南　一个柔软的名字

一个柔软的像女人一样的名字

一到村口　我就闻到了她身上的香

大豆磨出来的香

松枝燃烧的香

水南　一个诗意的名字

一个在杨万里的文字里浸泡过的名字

泷头、店背、义富……处处文风扑面

这儿的土地除了长五谷

还生长诗歌

水南　一个刚烈的名字

一个被炮火和子弹锤炼过的名字

这里的每一条巷子　就有一个血染的故事

大刀　长矛　土炸弹

一口老井　让历史深邃而光芒

水南　一个神奇的名字

2022 年 6 月

刘文祥，江西永新人。江西省作家协会会员、江西省诗词学会会员、吉安市书法家协会会员。现居吉安。

致枫杨树

我爱家乡的那一片枫杨林

更爱那一棵棵枫杨树

她在弯弯的琴水河的岸边

在沙丘上，或在水的中央

郁郁葱葱，婀娜多姿

坚韧挺拔，欲入云端

那千年的枫杨树哟

她宛如一条条簇拥的彩带

穿越秀美的村庄，肥沃的田野

穿越急流的险滩，岁月的时空

她是天然的护洪林

她是候鸟温馨的港湾

她更像一名坚强的卫士

守护着堤坝、守护着沙丘

守护者我们赖以生存的土地

守护着这数千年的文明

我爱家乡那一片枫杨林

更爱那一棵棵枫杨树

腰杆是擎天的支柱

树枝是撑开的雨伞

树叶是放飞的风筝

果实是小鸟的翅膀

那一棵棵枫杨树哟

她不需要人工栽种

也不需要人工护理

她随着风、随着雨、随着沙

沿着溪、沿着河、沿着沙

在水中长期浸泡、展示坚强

在岸上自由生长、随风飘扬

她与江河共生

她与大地共存

她更像一位慈祥的母亲

始终张开她那温暖的双手

抚摸着膝下的儿女

抚爱她脚下那片深爱的土地

原载《玉壶山文艺》2022 年 5 月

刘晓林，笔名田南，1969 年出生，江西莲花人。江西省作家协会会员。作品散见于《光明日报》《江西日报》《散文选刊》等报纸杂志及"学习强国""中国作家网"等媒体平台。曾获全国青年作家文学大赛散文类二等奖，首届全国中等师范教育主题征文大赛散文类二等奖，"臻美天路　速变莲花"文艺作品大奖赛散文类一等奖。著有《林下晓拾》《新月旧影》。

记 忆

在鸟儿丈量的高度
依然残留着痛感。
低在尘埃里的
记忆。在黑夜里被放大
陈年旧事，唱和着脚
产生化蝶的冲动
此时一小片落叶就肩负起
一座木桥。
甚至一场雨的功能
耳朵充当眼睛的功能
在一把老掉牙的刀刃上
仔细搜寻着泪痕

场 景

所有的场景，抵不过一个眼神
一个眼神，有时比钥匙还灵动
足足可以打开一扇门

或者让一支箭提速

一生中最值得示人的悲

按不住的喜

就借助于一朵云

把一座木桥唤醒

那把游动着的伞

在大声地呼叫

伊人不在。场景纷纷无趣地出局

2022 年 8 月

刘新龙，笔名木西，别号后隆山人，1973 年出生，江西莲花人。江西省作家协会会员。在省内外报纸杂志发表各类文章两千余篇。偶有作品获小奖。著有散文集《乾坤容我常静》。

L

赣江边的故事

赣江边的死党不多
能随时叫出来喝酒的仅仅三五人
赣江边的故事情节不复杂
单纯得像绵绵江水一样
清澈可见底
赣江边的醉酒却多得数不清
喝下去的啤酒能灌满半条赣江

流水无言，悄悄带走了
我们喧嚣的青春与青春的容颜
却带不走岁月镌刻在脸上的皱褶
和饱经风霜留下的忧伤
尽管我们也曾经在赣江边
喝酒、唱歌、大声朗读自己的诗
放浪不羁地谈情说爱

世界是我们的
只是我们从来没把世界当一回事
三十年过后
世界依旧是我们的
但是世界已经不把我们当一回事

我们只剩下一张喋喋不休
给后辈讲讲故事的嘴巴

时光渐去，日落西山
夜晚的风时暖时凉
桌上的啤酒杯还欢快地冒着酒花
桌边的人还坦露出孩童般的天真
青草和露水开始呼呼大睡
赣江里的小鱼儿慢慢地变老
它们日益臃肿的身子不知该游向何方

2022 年元月 20 日

刘正辉，1972 年出生，江西莲花人。江西省作家协会会员、江西省杂文
学会理事、南昌市作家协会理事、南昌市诗歌学会理事。供职于南昌日报社。
作品散见于国内各大报纸杂志。现居南昌。

L

夜色暗下来，我古琴般从容

——兼写给一位密友

夜色暗下来　落日溶金般消逝

鸟鸣呼朋引伴　呈现归巢迹象

那片田野啊，金色稻浪已收割

渠道溢出的水流，漫到稻茬上

散发出夹杂着稻禾青香的泥土味

河岸上的杨柳，栖满了吱吱喳喳的山雀

拾起一石子向柳枝投去，只听"呼啦"一声

一群山雀齐刷刷地朝旷野飞去

而旷野空旷寂静，鸟影渐成墨点

黑黑的墨点，在我心空写下孤寂与落寞

写下夕阳消失后千篇一律的晚归踪迹

而此刻，夜的墨色渐渐盖过这些灵动的墨点

锦衣般的墨色，让旷野变得肃穆、萧瑟

此刻，如果你喜欢

我会在这旷野放一枚古琴，然后从从容容

弹一曲广陵散，镇镇这夜色下的杀气与不安

镇镇这渐成气候的秋寒与静寂

原载《鄱阳湖文艺》2022 年第 1 期

刘志明，1967 年出生。中国作家协会会员。1987 年开始文学创作，在国内各大报纸杂志发表诗文。诗歌作品入选各种选本。出版文学作品集《独立秋风正午的钟声》。

L

L

栀子开花的声音

栀子开花的声音
流连忘返于春暖花开的节气里

我立在水泥丛林里
千万只洁白的蝴蝶盘旋在
拼命透支地气的绿化带上

香气一波又一波
挤进城市坚硬的缝隙里
以及某些私密空间
发出甜蜜的呻吟

风起的日子，听到久远的声音
扑面而来的还有一缕缕
荡漾在岁月深处的清香

漫山遍野的栀子花
曾如漫天大雪
挟持着灿若阳光的音符
铺满那个葳蕤的季节

梦里的温情一一唤醒

2022 年 5 月

远去的苦楝花

远去的苦楝花
我遥远的梦乡
眸子荡漾音符
心情蓄满风景
我是门前青翠的苦楝树上
一只顽皮的鸣蝉
时时唱响
淡紫的烟岚
纷飞的苦楝花絮
我驰骋的疆场
淡紫色的天空下
蹒跚着我淡紫的欢乐与悲伤

2022 年 8 月

月亮之下

有什么理由拒绝一座城池的诱惑
月光的舞步落在你的肩上

L

晚星、江涛、树影、桂香、虫鸣

还有从历史深处醒来的书画、技艺与传奇

披挂月白的衣衫簇拥而至

阁楼之内聆听风的声音

是笔墨丹青、片羽吉光的汇聚

是古老庐陵沉静而绚烂的念想

圆月之下，赣水之隅

一座楼正在上演一场华美的盛宴

2022 年 10 月

龙艳华，女，江西吉安人。中国散文家协会会员，江西省作家协会会员。现任吉安市青原区人民政府副区长。作品散见《诗刊》《绿风》《人民日报》《人民日报海外版》《光明日报》《江西日报》《创作评谭》等报纸杂志，出版散文集《岁月的花瓣》《巍巍井冈山》。

新江西诗派 诗歌年鉴（2022 年卷）

挖井的父亲

他挖出一筐一筐的泥土
挖出石块、树根、瓦砾
他用锄头和铲子，也用钢钎
井越挖越深，他显得越来越矮小

最后，他从井底奋力举起一桶水
他赤脚站在沁凉的水中
在孩子心里，他也是一口井
流淌着甘甜的爱

其实，在他内心幽深处另有一泉眼
那苦涩之水流往何处，孩子无从知晓

L

新年的阳光

叔公整个冬天都没晒过太阳
他被胃癌摁在床上，一动也不能动

连日阴雨，这是新年的第一轮朝阳
它照着村庄的草木，也照着送葬的乡亲

我看到它照着朱红的灵柩
仿佛有一双手在抚摸
被病痛折磨得精疲力尽的老人
阳光慈悲，来温暖那双没有闭上的眼睛

母亲这盏灯

想起破旧的老屋，儿时的夜晚
母亲去厨房，小煤油灯跟着
母亲去猪圈，小煤油灯跟着
母亲去晒谷场，小煤油灯也跟着
刮风时，母亲一手提灯
另一个手掌弯成半月形挡住风
她走到哪，哪就一片亮堂

现在，母亲已年过古稀
她走路颤颤巍巍的样子
像极了小煤油灯在风中摇曳的灯火

2022 年 12 月

卢时雨，1974 年出生，江西修水人。江西省作家协会会员，修水县作家协会常务理事。作品散见于国内各大诗刊。诗歌入选多种诗歌选本。

紫 鹿 岭

那头紫鹿还在吗
我知道骑鹿的人早已远去
不远处的青牛洞边
丁真人的影子还在晃动

在修河北岸
宋代那个叫武宁县升仁乡的地方
北卢的先人筚路蓝缕
以茅草的韧性遍地生根

于是紫鹿岭成为他们的首选
渴了可以喝山泉雨露
饿了可以吃山蕨野葛
困了可以枕四季的鸟语花香入眠

此刻我登上紫鹿岭的顶峰
扑面而来的春风开始荡漾
映山红没有遗忘那段刀耕火种的家史
大山深处皆是白云人家

包谷酒的醇香隐隐而来

L

这是赣西北特有的芬芳啊
岁月即使再一次斑驳起伏
我的视野里依旧波澜不惊

我明白一个家族能够在紫鹿岭扎根繁衍
除了对家庙与宗祠的敬畏
还有圭臬一样的家风家规
让所有的子孙有了勇于担当的底气

我看见修河一路东去
流水带走了多少饱读诗书的举子
即使他们居庙堂之高
心中永远装满了家乡的山水和草木

2022 年 8 月 13 日

卢炜，笔名芦苇、芦苇苍等，1962 年出生，江西南昌人。江西省作家协会会员，南昌市作家协会理事，新建长风诗社社长，桃李文学传媒签约作家。在《诗刊》等报纸杂志发表文学作品，作品入选五十余种选本。著有四部诗集和一部散文集，参与编辑七部文学、文献著作。

草一样的父亲

那时候，草一样的父亲
很大一部分时间用于除草
田里，地里
用犁，用锄，用手
有时候也用脚
草像一个执拗任性的孩子
总是除了又长，除了又长

如今，父亲用自己草一样的身子喂养了一坟草
萋萋的
对着那坟草，我经常
想哭

患哮喘的母亲

在最艰难的岁月里
坐月子的母亲只能用变了质的臭豆腐下饭
母亲因此患上了哮喘

剧烈咳嗽的母亲

把自己咳成风中摇摆的叶子

把日子咳成高低起伏的沙丘

如今，母亲这片叶子已经凋落四十三年了

但是，我依然经常听到母亲倚靠在我的光阴里

咳嗽

别　离

夕阳的脚步流露出依依不舍

它用手攀住山梁久久不肯落下

我不禁想起我俩在黄昏时的分别——

你一转身

我的日子像金黄的云霞

一丝丝暗淡

一寸寸坍塌

2022 年 12 月

　　罗启晃，中国诗歌学会会员，中国小诗学会会员，江西省作家协会会员。在多种报纸杂志、网络平台发表诗歌作品，作品入选多种选本，出版个人诗集三部。获奖多项。

人间悲喜正爬上额头

童年，是一束光
那些逝去是多么空旷
很多年前抽打的陀螺
似乎更像今日生活
总饱含止不住的旋转和困惑

如今，该往哪里去
山上和水边都不可靠
虚无里行走，越走越狭隘
慢慢变成一次次逃亡
回望，都将注定是失落
人间悲喜正爬上额头
远处水影和山光暗示了
一种未来，透明的爱与快乐

原载《浙江诗人》2022 年第 2 期

罗书録，1969 年出生，江西吉安人。江西省作家协会会员。作品散见于国内各大报纸杂志，入选多种诗歌年选。出版诗集《一笺雨》。

圆 圈

小时候，母亲说

你考两个圆圈吧

暑假我给你买冰棍

寒假我给你添新衣

母亲兑现了她的承诺

中年时，我对儿子说

你考两个圆圈吧

暑假我给你买点读机

寒假我给你添台钢琴

我的承诺总无法兑现

老年时，儿子对我说

我们画两个圆圈吧

左边的给祖父

右边的给祖母

我们没许下任何承诺

2022 年 4 月

罗咏琳，1974 年出生，江西瑞金人。中国散文学会会员，江西省作家协会会员，鹰潭市作家协会诗歌委员会主任。在《云南日报》《解放军报》《星火》《散文诗》等三十余家报纸杂志发表文学作品一百多万字。曾获人民文学、芳草月刊、中国散文学会征文奖，多篇作品入选年度文学选集和小学教材。

L

那 些 天

那些天，他经常哭

坐在医院的床单上

眼含发亮的散光

疲倦地要求我们

我们不知如何是好

就在他去世的前一周

我们将他弄回了家

那时，他还有某些自如

我们去新田的小餐馆吃饭

带他去镇里登录他作为革命老兵的信息

到家的那一刻，不方便下车的他

说："我是——还——抵得呀。"

接着就大哭起来

像八十岁的儿子哭给不在世的母亲听

喊 见

仅有少量的坟

可以交谈

坐在树下一上午

迷糊地睡过去了

看见死后的

自己

看见对门堂屋里的父母

他们那么瘦小

着装不似今人

似宋明时期的人

他们清静娴雅

——我无法参与

也不敢呼喊他们

呼喊了也听不见

就像我自己

没人可在隐身中

喊见自己

父亲逝世两周年记

门口有许多鸡屎、烂红薯

烂红薯堵住大门——

我的第一反应是母亲愈发孤独，疾病

使她更加丧气

M

想烂在哪儿就烂在哪儿
不仅仅是红薯

以前，这里全是她抗争的影子
那抗争的影子
才是激动人心的历史

原载《草堂》2022 年第 7 期

　　牧斯，原名花海波，70 后代表诗人之一。诗作发表于国内各大诗刊，入选各大诗歌选本。出版诗集数部，获各种奖项。现居南昌。

女儿是最美的诗

今天一早
远在南方的女儿讨伐我
爸，你写诗多年
从未给你女儿写过一首
盘点下来，的确如此
但我不认错
回复女儿

你呀
是你爸写给这个世界
最美的一首诗

2022 年 6 月 1 日

M

拉上窗帘

即使在漆黑的夜里
我也习惯性地拉上窗帘

我怕窗外突然的一束光
偷走我的灵魂

2022 年 8 月 15 日

拍 蚊 记

一巴掌拍下去
那只叮在手臂上的
花蚊子，瞬间成了一摊
殷红的稀泥
此前，我赶了几下
它无动于衷
才下狠手

望着那摊血迹
我扪心自问
至于吗

2022 年 9 月 25 日

毛鸿山，任职于共青团江西省委。诗作发表于国内各类报纸杂志，并入选《中国新诗排行榜》《每日一诗》等有影响力的诗歌选本。现居南昌。

每一片树叶都有恳切之心

这山间的秋，才像秋的样子
秋色在一棵树又一棵树上怒放
这些缤纷是可以传染、外溢、行走的
还可以从这个山头，点燃另一个山头
秋风吹过
树叶与树叶相互致意，牵手或永别
无论在高枝之上，还是扑向大地
每一片树叶，都如此的快乐而明丽
每一片树叶，都怀着向死的恳切之心
从不怯懦与悲伤
面对秋去春来，万物轮回
我总在想，做一片叶子真幸福啊
它深谙静美的一切
卸下余生中的万般承受
只为一生一次的轻盈与奔赴

2022 年 11 月 1 日

山中何所有

在狮子峰坚硬的岩石上

你看到的不是僧人刻下的梵语
而是柔软的爱与宽宥的心

在天宁寺禅院的大殿里
你听见的不是信众祷告的声音
而是悲喜莫问的烛影

事情往往如此，丢失的
不是潜藏在石头里的狮子
找回的
是尚未崩裂的不安与肃静

2022 年 10 月 5 日

万物与虚无

是空赋予了有，是虚无接纳了万物
如果你意识不到虚无的玄妙
那是因为你一直在空中，或被空包裹
就像鱼儿意识不到水的存在
因为它一直被水眷顾

空给了你站立、行走或思考的维度
否则，你将故步自封，不谙人事
空拥有神秘巨大的力量

让虚无找到了存在的依据

让万物生长、轮回，且自由更替

2022 年 4 月 8 日

　　毛江凡，生于浙江江山。中国作家协会会员，江西省作家协会理事，南昌市诗歌学会副会长，鲁迅文学院新时代诗歌高研班学员。现供职于江西日报社，任首席记者。作品发表于国内数十种报纸杂志及选本，出版诗集《大地的回响》。曾获诗刊社征文奖、井冈山文学奖、谷雨诗歌奖等。现居南昌。

M

小 花

小花，开谢都属自然
又是谁把她收藏
在记忆中充满心灵的补偿

开在什么地方
落在哪里悲伤
是因为有过春天的欢畅
还是被秋风的冷冷埋葬
而又收入心底的温床

看到生命的延长
才会想到对花谢的原谅
人与人都要经历悲伤
有时候只会对着
吼哮的树林和空旷的山冈

其实最美的心愿
希望天下人都可以活好
即使看到花的凋谢
也不后悔断肠

民　歌

民歌是传唱的灵魂

自然而又放开了喉咙

从这头到那头

风也听过

雨也听过

那岩石缝隙流淌的清泉

形成了曲调的母本

从起源到河沟

溪也听过

鱼也听过

那沉沉茂密风吹的森林

调和着曲目的节奏

从山谷到三峦

树也听过

人也听过

2022 年 5 月

梅黎明，1962 年出生，江西遂川人。博士生导师、教授，中华诗词学会会员，中国书法家协会会员。出版各类专著二十余部，著有诗集《想拽住春天的衣袖》《月光照进心房》等。

谷雨的校园

九天上的雷声
惊醒了脚下杜鹃花开的校园
春天的种子
伴随雨声纷纷落下
来不及与泥壤芬芳
红与绿便开始争相梳妆
脚步在天鹅湖蓄满，振翅
双臂张成锦鲤的鳍，龙门
跃成携进桥上晕染的虹

修园的红砖小道
桉树林摇曳的邀请阵阵如潮
空气中的温度慢慢上升
如果有华丽的梦
就交给星空闪耀吧
如果有七彩的故事
那交给远望阁上的春风吧
如果你愿意给你的手
那全世界会捧出永远的期待

2022 年 4 月

面 对

面对你
不知是生活的冰冷
还是人世的炎凉
我的心点燃像根蜡烛

面对路
不知是一马平川
还是十字路口
总要化出千百个分身
去遇见不同的世界
历遍同样的劫

2022 年 12 月

等风来了

用眼神留住四月的常青藤
结成花的种子寄给远方的风
等风来了，我就开始旅行

去结识全世界的人

如果要写一封信
我会把春天写进笔记
邮寄给你，等待你的拥抱
等待风里开放的花

一路走来，看向山海深处
我身上没有收信的地址
春天将要过去
等风来了，我再苏醒

2022 年 4 月

弭节，原名李洁，1983 年出生，江西吉安人。吉安市作家协会诗歌委员会秘书长，吉安职业技术学院副教授。诗作连续多年收录《中国新诗排行榜》等年度诗歌选本。获 2018 年首届湘天华杯国际华语诗歌大赛现代诗歌组优秀奖（30 强诗人），第二届杨万里诗歌奖全国大赛优秀奖。

秋 歌

一首始于十年前启奏的秋歌
寂寞临风，思想被乌云啄伤
我想我有理由相信
生长之于凋零，意义或者毫无意义
人生悲欢　一路无言

眼睛填满阳光的慈祥
我想把这拎慈祥
绣进一条永远不会枯干的毛巾
抚平母亲额头的皱纹
为女儿擦亮一望无垠的童贞
扑灭秋风里熊熊燃起的火焰

当缘生缘灭
祈求青山赐我一钵圣土
穿越风尘的歌
晾在岁月绳索上
给过往的人一丝真切聆听

长风　秋歌
烟尘　几许

M

唯愿，无垠星空
被沧桑风干的记忆
伴随一叶倦飞的鸟翅
在长空漫游

2022 年 4 月 19 日

梦的解析

梦见自己大病一场
接近死亡的地线
奇怪
爱我的人都没有垂泪
悲乐一遍又一遍循环播放
有人一边低唱
一边麻木地为我编织花朵

我实在动不了身子
甚至消失了一点一滴的念想
多么期待死神的欢乐降临
从他们的吟唱中体会一丝活在的庄严

谁知，我又大汗淋漓地醒来
听见小鸟在窗前歌唱
在这种平凡的熟悉中停止流浪

如果哪一天
我的心神骤然停止
就让黑夜把我彻底埋葬
就让爱我的人把我彻底遗忘

2022 年 10 月 14 日

木然,原名蔡勋,1968 年出生,江西九江人。中国作家协会会员,著有诗集、文艺评论集、散文集、长篇小说、扶贫纪实文学集等多部。有诗歌等作品发表于《诗刊》《诗选刊》《中华诗词》等国内报纸杂志。

M

五月的鲜花

春天把我们喜欢的事物种在山坡上
在母亲干活必经的路旁
它们是操劳之人隐藏不了的少女心

野菊花、刺梅花、山桃花是母亲乖巧的女儿
只有调皮的鬼针草选择了玉米林来捉迷藏

若五月所有的慈悲，都来自母亲的节日
请善待你身边那个曾经的姑娘

五月的山坡上鲜花们还在怒放
每一朵都指向遥远的故乡
而我芬芳馥郁的母亲早已走进了黄土垄中

原载《星火》2022 年第 2 期

一夜抵达

霜落草木上，也落在你们的坟上

茅草匍匐下去，替我一次次低头，带着半生的寒
霜沾在柿子上，它们那么红，像灯盏点亮温暖冬的开端
风数着地坎、小野菊……未归仓的庄稼

旧门板拒绝开口
雕花落了，豁嘴的窗内再也没有唠叨与叮咛
白霜一夜就抵达了这里，像是快马加鞭的信使
送来的回忆与思念，那么苍茫无力
顶着一头白霜的人，还在山道上走着走着……

2022 年 11 月 11 日

宁眸，女，原名王春芝，1974 年出生。江西省作家协会会员。先后在《解放军日报》《星火》《散文诗》等刊物发表诗歌二百余首，并有作品被收录进多种诗歌选本。诗作《石城印象》获得 2019 年"大美石城"全国诗歌大赛优秀奖。

N

蔷薇有刺

外面有风。周围充满甜蜜

雨点洒落在火堆上，起伏翻腾

怀着隐秘喜悦，又化成一片水雾

还有嘈杂声，仿佛一道高墙

琥珀色酒，无力地垂落

比血还要红，杀气更浓

贪婪地触摸，整个世界和深渊

悄悄地走进森林，四处折腾

一切多么渺小。明月该照何处

来吧，尽管还有不少相思诉不尽

梦境充满芳香，似乎完全忘记了人世悲伤

2022 年 6 月 2 日

归　来

灰色的海令人不安，如同干枯的树木

不断移动形态，身上画满各式字符

偶尔还会吐出几句梦呓，任你猜测或想象

海的叹息，撞击着门洞大开的钟楼
奏出无名旋律，应和着风声
周围一切，最后融入峭壁的沉寂之中

肃穆教堂耸立着，传出悠扬的钟声
时间洞开窗户，冰冷的人声转化成金属
水声和树叶的簌簌声，告别明媚

黑夜不想回归自己，阴暗云层取代湛蓝天空
无光的终点，刮着湿润的热风
海鸟纵情歌唱，歌声细腻
神秘力量，悄然传向了新生命

2022 年 6 月 6 日

欧阳福荣，1980 年出生，江西兴国人。有小说、诗歌、散文及评论发表
于国内各大报纸杂志。另有诗作选入《青年诗歌年鉴》等多种选本。小说曾
获红棉文学奖等，诗歌、散文曾获《人民文学》《诗刊》《诗歌月刊》《青海湖》
等征文奖。

O

画 外 音

于山水之间寻那条曾经的小径
菊花一路，还有青年的口哨
深浅不一的地平线
有一只鸟在上面唱歌
定然是山那边，杜鹃也开了

阳台上那座盆景成长起来
篱笆旁边的狗踢踏着庄周的晓梦
幻觉的理由是画中有它的苍苔起伏
挑担的丈夫回家了
只有垂纶的闲者等待那条饿了的鱼儿

跳荡的绿色运载潮汐的敲门声
开门，见你蒙纱的脸还有路人的背影
远山的头上戴着白色的梦呓
那只温暖的手长满年轻的茧痕
我留宿于此，静候高山流水的到来

林间悬着金黄
脚下铺开一片蒿草向我展示多情的唇
爱很宽广，伸向我心

是海更是天空，更是一代人的呼吸
我会老去么
你说有你，草原依旧开花

雨很苍劲，也很短暂
我喊来一只海燕对它耳语
让它盘旋于我的脑海
一切都太小了
装不了你的思念
还有我的翅膀夹着你轻快的石头
世间原本这样
想象无边，便是享受年轻的颜色

2022 年 5 月 23 日

　　欧阳滋生，笔名讴阳，1957 年出生。江西省诗词学会常务理事、江西省书法家协会会员、江西省作家协会会员、江西省诗歌创作委员会委员、江西画院特聘画师。长年从事文学、诗歌、写作等教学和编辑，出版诗集、散文集以及合著、教材等十余部。两次获江西省社会科学先进工作者，并获江西谷雨文学奖等奖项四十余项。

P

雪 中 情

那年寒冬，外婆的藏青色棉袄
捂暖我十岁生日
从此我的人生长在春天

岁末年初

站在新一个街口
我卸下昨日的包袱及花环
抖擞精神重新起航

2022 年 12 月

彭成刚，1969 年出生，江西省贵溪人。江西省作家协会会员，鹰潭市作家协会副主席，贵溪市作家协会主席。散文、诗歌、小说等文学作品散见于全国各大报纸杂志。有散文入选人教版八年级语文测试卷阅读材料，二十余篇文学作品入编各种文学作品集。获得过多项国家级和省级文学奖项。

邻　山

青山为墨，夜是更大的山
声音在流浪，越来越轻
我不敢随意推窗
担忧那缕灯光惊扰了虫鸣

灯光给我加衣
抵御秋寒。皮囊正努力温暖着心
没有谁记得掌灯
在黑色漩涡里，我是一座假山
借着光的虎威

许多时候，划不清界线
光与墨私自缠绵
我的视线与山进行暗恋
只好坐等天明
山依然绿着
我在山下打回了人形

原载《江西工人报》2022 年 11 月 3 日"鄱阳湖"副刊

彭文斌，1970 年出生，江西分宜人。中国作家协会会员，江西省作家协会常务理事，中国铁路作家协会理事，中国铁路南昌局集团有限公司作家协会主席，江西省散文学会副秘书长，南昌市作家协会副主席。公开发表文学作品三百余万字，诗歌、散文、报告文学作品入选多个选本。出版11部作品集，其中报告文学《绽放》被列入2021年国家出版基金资助"纪录小康工程"项目。曾获全国铁路文学奖、中国徐霞客游记文学奖、吴伯箫散文奖、井冈山文学奖、全国海洋文学大赛奖。

散 步

迈开不再矫健的步伐
走进秋风里
听秋蝉唱晚
落叶触动了我的心事

秋色其实很美
采一片晚霞放进怀里
心中便有不落的太阳

2022 年 9 月

P

下 象 棋

每一步都可能是陷阱
每一声炮响都撬动将军沉重的心事
老兵眼里没有回家的路

2022 年 10 月

彭文海，网名朝天歌，1969 年出生。江西省莲花中等专业学校教师。喜好诗文，偶有诗歌在网络诗歌平台发表。

Q

倾　听

一望无边的人和工作台
一千个端坐劳作的人平铺如同地毯上的凸起
微小的焊接，精准的嵌套，流畅的粘贴……
这轻微的呼吸若放大一千倍便有了市声喧嚣

还有一小部分循规蹈矩的人
在嘈杂的车间里切割出一小块空间
便仿佛切割出了独立于人间的立足之地
他们在密闭的方格里聆听午夜的喘息

为耳机测音的工人
始终保持对整个世界的倾听
保持对声音成色与重量帝王般的检阅
我怀疑他们听惯乡间蛙鸣与松涛的耳朵
此刻定在特写般发出微不可察的抖动

原载《诗刊》2022 年 7 月上半月

物归其主

久无人走的荒径归还给杂草
久不耕作的山坡归还给野物
像混沌初开的秩序，轻重与清浊
各归其类物归其主

泥土里长出的东西都将还给泥土：
草木、虫豸、蘑菇……哦，人类也不例外
他们从土地上汲取灵魂与认知
终有一天会交还回去

原载《诗潮》2022 年 7 月

清洗石头的人

在海滨酒店花园里清洗石头的人
手持高压水枪，如临大敌
将水池底部蒙尘已久的石头清洗得干干净净

一场大雨打断了他的工作

十分钟后他又重新开始
为着美好的所在忘记疲惫

当放空的池水又一次蓄满
我们看到眼前的一切多么清亮：清水，黑石，美人

原载《中国诗歌》2022 年 3 月

漆宇勤，原名漆宇晴，1981 年出生。中国作家协会会员，江西省作家协会理事，鲁迅文学院第 34 届高研班结业，参加第 35 届青春诗会。在《诗刊》《星星》《青年文学》《北京文学》《人民日报》等各类刊物发表诗歌散文三千余篇（首）。出版诗集《在人间打盹》《放鹅少年》《抵达》等二十部。

箩　筐

赤脚走在田埂
感受泥土收藏烈日的余温
脚下骨骼碎裂
我知道，巴根草经不起
一担箩筐装满岁月的重量
此刻，山坳里的夕阳正在陷落

田野里棉花和稻香
抚育整个村庄，山梁
晚归的牧童早已离乡
堂前角落，箩筐布满冰冷蛛网
佝偻身影点燃灶火
炊烟，开始在屋顶喂养月光

原载《作品》2022 年 7 月

　　青铜，原名王胜江，1967 年出生，江西武宁人。江西省作家协会会员。诗歌散见于国内各大文学期刊。现居东莞。

一只奇异的猫

白色幽灵，眸子闪动
一只眼闪现金光
一只眼露出蓝绿
犹如停留在时间的空白里
它懂得如何与人保持距离
眼神深处都是谜
夜色里，豹子一般
光芒不停照射，仿佛
一边在怀疑猫间
一边在审视人间

2022 年 7 月 11 日

人间秋色

风告诉我
这世界很美
遍地的松软与金黄

远方，还有佳人的消息
我想坐下来
陪她。面对面地
聊一会儿情话，决不轻描淡写
这样，也许幸福会更多
说不完的，我们留给冬天

2022 年 10 月 13 日

丘子，原名邱俊。江西省作家协会会员，南昌县作家协会副主席，南昌县莲塘一中教师。诗歌入选《中国青年诗选》《江西诗歌选》，获奖若干。

五月的乡村

雨，清濯了我的望眼
鸟，啁啾着我的耳鼓
风，提溜着翠绿的衣裙
时光，以缓缓而行的节奏
次第打开小村中
不知多少惬意的晨钟暮鼓

苍老的乡村不再劳累过度
驻守在遥远而潮湿的记忆里
一年又一年，在乡土深处喧响
翠绿，缝补着乡野的时光
我爱上这里的蓬勃与宁静
不知何日
大地允许我在此人境结庐

2022 年 5 月

邱小波，1964 年 3 月出生，江西武宁人。中国小说学会会员，江西省作家协会会员，武宁县作家协会副主席。有作品发表于《中国文艺家》《诗潮》《中国教师报》《散文诗》等报纸杂志。曾获孙犁文学奖和中央电视台、《光明日报》征文金奖，多次获中国小说学会、中国散文学会、中国诗歌学会等主办的诗文大赛奖。

老 屋

土墙挺立在三岔口的坡上

瓦片刻录着旧时光

一条叫阿黑的狗从脑海里蹿出

惊飞的母鸡咯咯地跳上房梁

捕老鼠，抓野鸡，阿黑的神勇传遍

村子的东南西北

柴刀的雪亮腰斩了我的高中时代

书生意气与文弱农夫只一步之遥

一畦一畦的蔬菜，是我在村庄书写的诗行

无人看管的水牛饱餐一顿

扔下耕耘不一定有收获的箴言扬长而去

一船堆得高高的杂木，是我早晚诵读的歌赋

七百里修河的波涛，一度被夜色冻伤

水库不知是否干涸，曾经挑沙的脚步耳边响起

我培植的杉树苗已成参天大树

扶摇直上九万里的鲲鹏始终没有出现

一路北上的阳光照不见故乡的消息树

2018 年的那场大水

老屋消失在时间长河的波光粼粼里

而今追记它的花容月貌

Q

眼前却只有一丘长满春草的菜地

水　潭

一汪碧绿的记忆顺着青藤攀爬

往事泛起童年的波光

蓝色的天空，一只鸟的惊飞

吓醒正在疯狂打水仗的我们

上课铃声早已响过

班长做了"汉奸"，偷偷拿走衣服

班主任横眉冷对的目光如刀一般锋利

切割着小伙伴光溜溜走进教室的羞愧难当

知了的叽叽喳喳响彻云霄

鱼儿继续游水，大虾后退却无路可走

水潭从此成了一口故乡的深井

淹死多少个夜晚徘徊的星星与月亮

钢筋混凝土的森林里

看不见井底传来鱼虾的蹦跶

杂草丛生的小路走过少年的身影

我的北游日子就是一条脱光衣服的锦鲤

游弋在文字的大江大河里

掀起的细碎浪花如一面镜子

照见故乡山水之间的脚步渐行渐远

石 砌 路

石砌小路溯溪而上
像腰带一样缚紧白鹇坑瘦弱的身体
贫瘠的农田生长饥饿的枯黄
红薯丝主宰了村民的一日三餐
一副棺材少个盖的戏谑
让多少英俊小伙子娶不上媳妇儿
鹅卵石上重叠的脚印
篆刻古人匆匆前行的身影
长袍马褂的官人，羽扇纶巾的书生
吟诗作对
夜行短打的侠客，袅袅婷婷的采茶姑娘
情歌对唱
生离死别的泪水滴落地面
惹得盘旋天空的雄鹰展翅高飞
中国第一家机械制茶公司就落户小路旁
白鹇鸟嘹亮的叫声
招来广东老板豪掷万金
白花花的银圆，筑起山顶花园的风花雪月
石砌小路从此人影憧憧
爷爷坐在蓝色的天空娓娓道来
车水马龙的光景敌不过时光淡影
茶叶的清香招引东洋鬼子的凶残杀戮

Q

枪挑刀砍一把大火，九十九间茶房化为废墟
慌乱的脚步
踏碎姑娘、小伙的一帘幽梦
"龟鱼狮象锁水口，不出天子出王侯"的传说
消失在波光粼粼的水底
石砌小路只在我的脑壳里出没闪现
爷爷转身离去
我的眼前只有茫茫一片的平静湖水

2022 年 12 月

全秋生，笔名江上月，江西修水人。偶有诗歌在《十月》《诗刊》《中华诗词》《诗歌月刊》等刊物发表。策划"锐势力·中国当代作家小说集""锐势力·名家小说集""实力榜·中国当代作家长篇小说文库"三套纯文学丛书，责编出版百余部，个人出版散文随笔集《穿过树林》《北漂者说》。现供职全国政协中国文史出版社。

乌　鸦

一只乌鸦飞来

收敛翅膀，在枯井边歇下

晾衣绳上挂着件风化了的女人的衣裳

在这个破败的小院

没有人在意今天的不速之客

她浑身漆黑

鸣声嘶哑，显然是黑夜的妻子

没有人在意

她眼里的光芒，和喜爱黎明的心情

以及她跋山涉水，与白日重逢的欢喜

只有她自己知道

与光同在，是她短暂一生的慰藉

日落西山

当阳光再一次被黑夜偷去

她啼叫三声，张开翅膀

飞进无边的黑色

2022 年 6 月

S

盛婕，女，1989 年出生，江西景德镇人。浮梁县作家协会副主席。偶有诗歌发表和获奖。曾获第五届"诗歌里的城"全国诗赛三等奖，2022 滕王阁金秋诗会全国诗赛优秀奖。

S

月 下 梅

月下，我独行于湖边
蓦地听到一声呼唤
接着听到的是，众口的齐声嘤嘤
转过身子，我看见
梅，一树一树，婆娑于月下

野 樱 花

众口的齐声嘤嘤
不如那一声嘤咛
谁看见，红唇张开的那一瞬
万紫千红，如云起云灭
我只怕，那舌尖上的三斤毒
浸染了我的三魂六魄

门　槛

我家的老屋，有一道高高的门槛
小时候，爸爸总是对我说
跨过这道门槛，你就长大了

若干年后，我早已跨过了这道门槛
可父亲，却跨不过了
母亲含泪对我说
你爸他就倒在六十九岁的那道门槛上

2022 年 4 月

瘦梦，原名熊小平，江西武宁人。江西省作家协会会员，武宁县作家协会主席。在国内各类期刊发表诗歌、散文、小说二百余篇，作品入选海内外新诗多种选本，出版《瘦梦诗选》（新诗卷）和（散文诗卷）两部。曾获九江市文学艺术"荷花奖"、第二届孙犁散文奖等多个奖项。

S

大地洁白而美

我常常会走出去很远
运气好时，会捡到一枚落日
烧残了的，一声不吭地，不再滚烫地
灼伤自己的。我偷听到它疲倦的嘎吱声
我喜欢它这样安静的样子
它在晚上会重新长出耳朵、翅膀
我们同病相怜，危险的中年
我有些沉沦，它有些踉跄

好在春天来了，一切都不太坏
我知道，明早会长出鸟鸣、桃花、溪涧
我喜欢的蓝色的雨

春夜微凉，大地洁白而美
一切秩序井然

原载《星火》2022 年第 5 期

舒军辉，1973 年出生，江西余干人。江西省作家协会会员。有作品在国内各类刊物发表。

关于盐的一种考究

盐在述说
在反复穿透我们
在汗水与海洋之间
散失与集聚

晶莹的盐
有一种小隐于世的
卑微
更有大隐于海的气度

历史有着咸味
有着蕴含咸味的述说
自然学和社会学
都在复习一种轮回

2022 年 3 月 4 日

寂静的回忆

牛在斜坡上吃草

青草嫩嫩的

我也嫩嫩的

那时候

我是为父母

赚一点点工分的放牛娃

我只有

寂静的乡村

只有

可以随时翻滚着

上去或下来的牛背

2022 年 5 月 16 日

舒琼，1970 年出生，江西南昌人。江西省作家协会会员，南昌市作家协会常务理事，南昌市诗歌学会副会长。供职于南昌日报社，有诗作刊发于国内各大报纸杂志，并收入各类诗歌选本。与人合著有诗集《南昌诗派十六家》等。

南昌的黎明

黎明之前
城市还醺醉在雾霭之中
巢中的小鸟喉咙吱吱作响
它的翅膀正在生长
赣江之水
被船只划破的伤口上
长出许许多多洁白的花朵
很多新亮点
却来自江面的平静
黎明之前
夜开始从墨汁里稀释
心的鼓点
和着远山的无声之歌

2022 年 4 月

S

宠 物 鼠

大地披着冬天的面纱
把陌上的花朵

包裹得严严实实

温婉的下午

停靠在避风的港口

一只小仓鼠初来乍到

获得满屋人的关注

稚嫩的牙齿

与粉红的爪子

把一个著名的冬天

撕出一个个小破洞儿

2022 年 11 月 29 日

火　种

无须注解的风

带着一个冰凌的季节

封锁大地

但有

一团被太阳代言的

火种

在成几何级数地成长

2022 年 12 月 2 日

　　舒喆，女，江西鄱阳人。江西省诗词协会会员。有诗作多次入选《中国新诗排行榜》《每日一诗》《南昌诗歌精选》等国内有影响力的诗歌选本。2016 年应邀参加首届华语诗歌春晚，同年出品《中国新诗百年百幅名家诗书画陶瓷作品集》。2019 年应邀赴俄罗斯参加莱蒙托夫国际诗歌节。现居南昌。

国　庆

我沿着夕阳一路骑行

风吹来的方向，保持红旗飘扬

树叶老守一只鸟，面对岁月

逃无可逃，那么安静地落在眉前

在高楼吞下日头时，背后的茫茫无际

让我无所适从，明明悬挂于童年

蜻蜓、蝴蝶、火烧云

锁住相册刹那，高大栾树挂出灯笼

庆祝丰收，庆祝此时载歌载舞

举国欢庆的日子

一直在心里哼熟悉曲调，如同

山河从梦里呼啸而来

2022 年 10 月 1 日

S

苍　耳

童年让一座山高大

烈日越来越白

我试图在一块石头上歇脚

去叙述故事里每一根刺
许多年过去
仍保留那时的阳光

而刺入身体的部分
早已完全融合

2022 年 11 月 6 日

水草，原名杨俊，1980 年出生，江西玉山人。中国诗歌学会会员。有作品发表在《星河》《浙江诗人》等。

空 镜 头

没有摁开的灯，满头大汗的叶片
喋喋不休的雨刮器，蜷缩着身子的小猫
这些抽象的，看起来没有意义的空镜头
用淡淡的语气，描述着我在暴雨中的狼狈
仿佛时间流在别处，城市停在别处
我总是这么悲观
可却一点也不影响
一个心灰意冷的人
继续深爱和理解这个世界

再临孝头村

孝头村有养殖的传统。养郁金香
养落日，养鸟鸣，养一些看似无用的东西

也养黄泥、乱石、生活垃圾、泪水
养与生俱来的从容，与良善

如今的孝头，山路、江河、花草
都奔跑起来。村庄上空，放养起飞奔的云朵

2022 年 5 月

唐璟怡，女，1994 年出生。江西省作家协会会员。

儿童节感怀

今天是六一儿童节
幼儿园的孩子们异口同声地叫我爷爷
无论我今天打扮得多么年轻
无论我多么害怕老去
我相信孩子眼睛里的我是最真实的
只有成年人会把白的说成黑的
把黑的说成是白的
是不是他们幼小时的心灵被污染过
我现在的样子
饱含痛苦和微笑
一切都有我少年的经历
今天的儿童节过得好不好
就是一个国家未来的模样
我绞尽脑汁也写不出一首
前人赞美过儿童的诗句：
"世界上最干净的东西
是孩子的眼睛"

2002 年 6 月 1 日

陶志红，中共党员。1983 年发表处女作，已经在公开刊物发表诗歌一百余首。诗作入选《21 世纪江西诗歌精选》《南昌改革开放 40 年诗选》《新世纪江西散文诗精选》《南昌诗歌精选》等诗歌选本。现居南昌。

T

一个农民工的午休

也许是太累了
午饭后，他在坚硬粗糙的地面
铺开邋遢的蛇皮袋，进而
和衣而卧
恰好安放疲倦

就这样，一个农民工
躺在正在装修施工的店面前
入睡了。虽然
他无暇顾及过往的风云
嘴角却流露出一丝笑意
能不笑吗？道路改造提升工程
还有房屋建筑，配套的管道和室内外装修工程
接踵而来，他的心思在拔节

下午还要继续干活
必须积攒力气
他发出了均匀的呼噜声
仿佛酣睡在自己家
柔软的床垫上

此刻，外衣斑斑点点的泥浆
宁静得像天空中的星星
闪烁着一种光芒
照亮了远方妻儿老小的日子
温馨了他的甜美梦境

2022 年 9 月 26 日

田智生，1963 年出生，江西南昌人。江西省作家协会会员。有诗文作品散见于多种报纸杂志，入选多种诗歌选本。

T

致北美秋日暖阳

在北美，秋天是绚丽多彩的
残绿、金黄、火红是它的渐变色彩
而这浪漫的魔术师就是那暖暖的秋之阳光

阳光是有偏爱的
最偏爱的莫过于加拿大枫了
因为，它把最艳丽的火红给了漫山的加拿大枫

阳光是调皮的
那一半火红一半碧绿的杰作
是它给爱子创意的发型吧

阳光也是童心未泯的
它会透过层层的枝叶寻找那角落里的孩童
或在嘴角，或在掌心点上一点朱砂痣

邀三五好友
漫步于多彩的林间
神侃着中美文化差异
争论着东西方文明的优劣
远离了烦琐与忙碌

可以尽情地享受难得的静谧

不觉间，日子驶进了深秋
冬天近了，春天也将不远
回归，就在那初春

2022 年 2 月

　　童春义，1981 年出生，江西余江人。湖南大学副教授。主持承担项目
二十余项，发表研究论文八十余篇。

T

T

生命的颜色
——致向日葵

风曾摇摆不定

雨也曾神经错乱

而你在旷野里一袭黄

启动足够的丰盈

支撑成熟中所有的不堪

你胸中的宽敞

栽种下无边的梦想

朝阳，是你一生的爱

你以执着浣洗简单

浣洗所有不必要的纠结

将一次次的希冀

点燃成火炬

照自己的归路、自己的影子

而远方那条长路

你用生命全部的颜色

集结成烈焰

照亮着一切经过你面前的欢喜

2022 年 4 月 5 日

童心，女，原名侯纯菊，1970 年出生。江西省作家协会会员，南昌市青年文化学会特聘作家、终身荣誉会员。作品发表国内各大刊物，著有诗集《童心诗选》等。曾获国内外多种诗歌大赛奖项。

T

滕 王 阁

我站在高高的滕王阁阁楼上
仿佛置身于古老的唐代
眺望远处西山与晚霞
一行白鹭在唐朝诗行里翱翔
注目近边一江赣江秋水
却流在王勃笔下与长天拥抱

千年之后，我在滕王阁序里行走
跋涉。只想读懂滕王阁序的千古流传
领略神奇南昌山水的前世今生

2022 年 2 月 8 日

红 谷 滩

一片沉睡的荒洲与泥滩
曾在王勃的笔下
与孤鹜的影子相依为伴

一江两岸的新思路、新发展格局
惊醒了沉睡不醒的滩涂

高楼如雨后春笋
人潮涌动的金融大街
车水马龙的繁华商业大街
有着深圳前海的传说
也有游人说是像极了上海浦东

一座滩涂上矗立的现代城市
让世人为之惊讶
游客赞叹不已
就连王勃也忘记了回家的路

2022年2月9日

T

涂传禄，笔名川陆，1959年出生，江西南昌人。江西省作家协会会员，南昌市文艺评论家协会会员，南昌市书法家协会会员。大量作品散见于国内诸多报纸杂志，有诗歌被收录各类诗歌选本。著有诗集《梦栖田野》。

乡村这幅画

我一直在思考
这么空旷的杰作出自谁之手
人类历史以来遴选不出哪位够资格的大师
能把犁耙的歌声隐藏得如此完美

老农在地里亮出了他干瘪的臀部
像一块漂染了一辈子的画布
他的屁股上
画满了生锈的犁耙

2022 年 5 月

寻找灵魂

我深陷于乡村
祖先肩上扛过的犁耙
深耕出了一大片田地
长出了庄稼、长出了我

我穿行于乡间的阡陌

岸堤下的河流

无人问津的残墙和枯叶

地面及地面之上被风化了的脚印

都写满了我的名字

我在寻找的路上失声

不生长、不死亡、不嘶鸣

像我母亲许久不曾洗过的头发

深入大地岿然不动

2022 年 9 月

涂春奎，笔名涂夏。1978 年出生。江西省作家协会会员。诗歌入选《2018
年江西诗歌年选》《2019 年江西诗歌年选》。现居南昌。

T

富春山居图

画卷一烧都会断的。前半截叫剩山图
后半截叫无用师卷

江山一烧也会断的。古代如中原与江南
当代如大陆与宝岛

但是月光烧不断。月光是一种耐火材料
柴火烧不断，战火烧不断，乡愁也烧不断

月光是一卷质量上好的宣纸
它适合绘制人间至美的水墨山水

我看见黄公望以山衬水，以水映山
用一条长长的富春江，漂起整座富春山

我看见黄公望以笔作楫，划动着富春山
在富春江上如离弦之箭

我看见富春江在大地上静静流淌
前半段叫桐庐，后半段叫富阳

春　天

春天来了。露台上养的菖蒲
叶子开始返青

春天在悄悄生长

我也一直在生长，就像春天
这一点，多么值得欣幸

朱　熹

仿佛有着很多个法身的菩萨
在南宋各地书院现身

石鼓书院的朱熹
是他众多法身中的一个

从福建到湖南，从白岩山到衡山
他追随着一双大雁的翅膀

一道道石阶粘在他跃升的鞋底下
犹如一部部书卷不断垒起

拾级石鼓山与拾级白岩山一样
都是向着哲学天空的一次趋近

他用佶屈聱牙的闽北方言
将理学通俗成湘南的一片书声

尘嚣纷扰，难以安放一张书桌
他毕生致力于修建书院

为天下读书人筑起一处处
静心向学的灵魂道场

此刻他正端坐在书院的书案前
一篇石鼓书院记即将完成

一轮明月透过轩窗照耀着他
也照进了千里之外我的梦境

2022 年 5 月

涂国文，1966 年出生。中国作家协会会员、中国文艺评论家协会会员、浙江省写作学会副会长、杭州市西湖区作家协会副主席。著有诗集、随笔集、文学评论集、中篇小说集、长篇小说共九部，作品入选《中国新诗排行榜》《中国诗歌年度精选》《中国年度优秀诗歌选》等九十余部选本。

夜色里的赣江像一条缝

落日缓缓地落下去了

漫天的余晖还依依不舍

我坐在赣江边送走了最后一抹余晖

暮色一层一层覆盖了过来

我已经看不到自己难舍的一切

甚至看不到了自己

落日肯定不会回头

回头的都不值得再看

我起身、转身、离去

一串动作做得天衣无缝

但夜色里的赣江像一条缝

可以窥见前世

但夜色里的我也像一条缝

可以窥见来生

W

像一张膏药，恰好遇到你的旧伤

——读自金陵西归至豫章，发南浦亭，宿黄家渡

仿佛看到了你坐在画舫甲板上

旁若无人的样子不是孤傲也不像孤独

眼前的江山如画，像一块好看的布

苟且缝补你漏洞百出的家国

又像一张麝香膏药，恰好遇到你的旧伤

因为懂你，赣江在涛声的掩护下

默默地流进了长江

长江投身了大海

只见画舫欲行又停

不忍归去。不如归去

2022 年 3 月

　　万建平，1962 年出生。江西省作家协会会员，南昌市作家协会常务理事，南昌县作家协会主席。作品散见国内多家报纸杂志，出版诗集《赣江物语》。曾获江西省首届"林恩杯"全国诗歌大赛一等奖，第二十五届"东丽杯"全国鲁黎诗歌奖三等奖等。

十 月

秋入大水为枫
日落大水为虹

大地上
每一块墓碑都是呼吸着的秸秆
每一个人都是另外一个人的墓碑
天空上
每一只鸟都是另外一只鸟的光芒
每一朵云都是另外一朵云的故乡

W

鲤 鱼 洲

说到底
鄱阳湖
就是河流的一部分
鲤鱼洲
就是鄱阳湖的一部分
那三十里香樟林

就是鲤鱼洲的一部分

知青公园

就是岁月的一部分

北大清华旧址

就是一群人的一部分

那些鸟

就是天空的一部分

有些哽咽的泪水

其实就是落日的一部分

万洪新，江西人。诗作发表在国内各大报刊。现供职于《南昌日报》。

水的绝症

一条鱼被推到浪尖上
它感到自己要飞上天空

但它还没来得及尖叫
高高的山峰轰然坍塌

剩下一堆疯狂的泡沫
一层层覆盖着水的绝症

2022 年 1 月 11 日

W

喜 鹊

秋天，庭院里枣子熟了
喜鹊一个劲地叫唤
它一边吃枣，一边叫唤
叫声特别洪亮
像大声赞美

又像大声示威

我们都不理它

那时，奶奶到了弥留之际

听见喜鹊叫唤

人忽然还了魂

眼里有了明亮的光

一闪，又熄灭了

那些年，喜鹊经常叫唤

基本上与喜事无关

2022 年 4 月 27 日

汪铎，网名小河流、信吾，1966 年出生，江西湖口县人。有诗歌在国内
多家刊物发表。

妈妈的大脚

每次回家
大包小包是我的小百货商号
西湖龙井、东海鱼干、冬棉服、保健药
这些是必不可少的
墨鱼，海鲜，这些海特产，也一并要带上
可我唯独带不回，一双适合妈妈大脚的鞋
妈妈的身材是全家最小的
可她却拥有，一双家中女性最大的脚板
鞋子无须太长，三十六码的尺度即可
可宽度却需大两个码数
小时候，我总是说，妈妈你的比例严重失调
娇小的身体怎可有那么大的一双脚板？
如今我才知道，妈妈的脚
是小时候穷得没鞋穿
夏天，总是一双赤脚板在大地上行走
一双脚，没有鞋的束缚
就开始疯长

妈妈的脚，大到可以
丈量县城境内几乎所有山村的小路
她肩挎一个小布包，手提一只蛇皮袋

内搁一杆小秤，一把剪刀，一支小刮刀
走村串户地到别人家收购鸡毛、鸭毛和头发
用满脚的老茧，给我们这些孩子
换来满腹的诗书
而我的妈妈，却再也难以买到
一双合脚的鞋子

2022 年 9 月

汪小英，江西永新人，现籍浙江绍兴。中学高级美术教师。业余写作，有诗作发表并入选《吉安诗歌年度选》。获得区教育系统微故事大赛一等奖。

植物记：艾叶米果

冒着雨，在江洲上把艾草采回来
挑拣，把杂质清理，把老枝腐叶丢弃
嫩嫩的小芽儿，嫩嫩的两叶艾芯
艾草有两种，一种枝叶硕大
曰大艾
一种细枝细叶，曰小艾
小艾比大艾香
洗净，用开水搓洗，煮烂，剁碎
和水，加盐，拌上些许糯米粉，
在盆里揉粉，揉成黏性温润
艾叶在粉里若隐若现
揉成条状，掰成一小段
在中间戳个小孔，抓把糖入内
再揉成圆状
之后，放水入锅，在锅里垫上蒸片
烧火，蒸煮，沸腾的水咕咕地响
闻到香了，开盖，米果鼓鼓胀胀，熟了
大大小小的艾叶米果，腾腾地冒着热气
吃一口，舒爽，通气
最好，留一些不蒸
做成小丸子

W

放在热锅里炒熟

那个香，那个脆

余味绕舌

2022 年 6 月

雪 天 里

元月七号那一日，天阴沉着

手指冻得伸不直了

之后，雪飘飘洒洒，斜着，在天地间画一条弧线

下在伸手不见五指的夜里

窗外，飕飕的风萧萧地呼喊，

摇落孤零零飞舞的叶子，易水寒兮斜飞雪

屋内，关紧的门窗无一点动静

一炉炭火，把室内的每一张脸庞映红

屋外，我的车顶和前窗玻璃上铺了一层雪白，闪亮如盐，也如银霜

内外有别，在两个不同的世界

2022 年 1 月

江雪英，江西永新人。江西省作家协会会员。1991 年开始文学创作，作品散见于《人民文学》《星火》《飞天》《绿风》《中国诗歌》等刊物。出版诗集《漂流花季：汪雪英的诗歌地理》、长篇小说《漂在东莞十八年》。

总有一些目光高过梅花

圈养在城中的人，和养在深闺的女子

并无区别

一度，我们跟随杜丽娘的背影

在赣南的牡丹亭小憩

不久前，我们攀过南粤雄关的雪

而春芽浩荡，比雪花更甚

梅岭石道被千年的脚步打磨成铁骨

一些梅花在枝头，一些梅花跟在身后

囤积在身体望梅的瘾

亭前的池水可消融

梅花扑落在碧色镜面

我们倚靠山石前

三三两两地簇着

池中的人多像梅花打开的倒影

那一瞬，总有一些目光高过梅花

W

原载《星火》2022 年第 6 期

想念山顶看雪

想念一个冬天，大雪盘踞山顶
等风放下最后一片雪花
我们就可以躺倒
谈谈那些已经远去的人
也谈谈，未敢触及的光晕里
或许遥远的亮色
像很多次即将离别
雪躲在身后
"一生中，能有多少这样的时刻？"
回应我们的是无声的雪
一片追赶一片

——重新降临山顶

2022 年 11 月

铁轨缝上大地的伤口

铁轨缝上大地的伤口
我的屋子，靠近它

风中发抖的木屋
被夜色入侵骨髓

吸饱阳光的枕头
高高飘浮着
是自由的施舍者

这时列车自枕下呼啸而过
像我们无数次相遇

2022 年 12 月

汪亚萍，江西省作家协会会员。南昌市实验中学高中英语教师。作品见于国内多家诗刊，并入选一些诗歌年选。16 岁出版小说《纯美的爱情》。

W

W

景德镇古窑情思

一个被岁月淘洗

只剩下斑驳苍白的古窑

光和影将历史缠绕

沧桑的裂痕火印

透视着曾经的兴盛荣耀

厚重的沉淀紧拽着你的脚

晶莹的青花如禅，穿越尘世

浸濡着今日的乡愁微笑

也让心灵一颤，梦回汉朝

珠山亭外师祖赵慨光临

寻山选址开挖，踏碎琼瑶

红光一闪，火焰比天高

白如玉明如镜薄如纸声如磬

美瓷出窑惊艳夺目天下骄

从此，千帆竞扬纷赶景德潮

天子爱不释手，推波助浪

郑和开启瓷器外交，不怕路遥

引得四海宾朋争煊中华之宝

"天青色等烟雨"唱回古镇

水墨画里，小巷红楼任逍遥

一览千秋诗韵，我等你在廊桥

2022 年 9 月

王爱国，网名云龙茶韵。中学高级教师。中华诗词学会会员，中国诗歌网蓝 V 诗人，中国摄影家联盟会员，诗韵墨语签约作家，萍乡市辞赋学会副秘书长。在各大报纸杂志和网络平台发表诗歌、通讯、散文、小说、楹联等作品一千三百多首（篇）。多次在各类征文比赛中获奖。在建党百年的全国征文大赛中荣获一等奖。

W

在苍茫的大地上寻找母亲

那天是冬至　水瘦山寒
我只是出了趟远门
母亲就从家门口消失了

人世薄凉
曾以为命运系于不覆之舟
以为母爱会像村口的鹅形河
绵延无尽　奔流不息

一个麻木不仁的浪子
在梦想中沉沦经年

眼中藏不住泪水的母亲
老屋里咳嗽不止的母亲
常常叮嘱我多保重
偏偏没有保重自己的母亲
挨过了一路的饥寒与凶险
却没挨过流年的厄运
病痛的揪割

母亲如一片落叶飘零

母亲随千万片落叶飘零
遁着永恒的音容
我在苍茫的大地上寻找母亲

2022 年 2 月 24 日

王承东，笔名王泓淦，1979 年出生，江西赣州人。广东省青年产业工人作家协会理事，珠海市写作学会副会长。有诗歌发表于多家报纸杂志，作品入选多种文学选集，获各类征文奖若干。著有诗文集《路上的风景》。现居广东中山。

W

我喜欢的洁白

对歌声中飘回灰蒙蒙空间的白雪

我想到某些方面，有些不以为然

它只是雨滴一时穿上轻纱

装扮成天使飞舞，却轻视一切

可面对炉火，会逃得无影无踪

跌落烂泥潭一准同流合污

我觉得还是月光更值得喜爱

它用骨子里的清雅皎洁俯视世界

无论是山林还是草丛

对宫殿还是茅棚

在山泉眼还是脏水沟

它撒下的银辉不会有任何改变

当然一张白纸的白也挺好的

它就像一羽待飞的白鸽

而我尤其喜欢将一些滚烫的词

怯怯地放在它的心间

说不准哪一刻

我喜欢的

洁白，会长出翅膀

2022 年 1 月

王国根，网名南方秋实。中国诗歌网蓝 V 诗人，青梅煮酒诗社文学顾问，北京暹华文化研究院会员，萍乡市安源区作家协会会员，赣西文学学会会员。在中诗网、有关报纸杂志等发表诗歌三百多首。

W

W

我们的平凡，如此生动

冬寒被挡在门外，九妹的茶室里

我们抽烟、喝茶、嗑瓜子，也吃辣条

火辣辣的语言，谈诗歌，谈人生

被烟熏黑的句子，像瓜子壳

从齿间嘣出，脆脆的

建设北路的这个茶室，收留了

诗人的牛皮、嬉笑，以及对岁月的慌乱

容许落魄的诗人，尽情放肆忧伤

寒寂的夜幕，包裹那些温暖的光芒

已经平凡，正在平凡，也许终将平凡

我们从心中取出斧头，将一节节生活

雕刻成一块块诗歌，丢进火炉燃起火焰

抵御生活的寒流，岁月的冰霜

夜话、烹茶、吟诗、谈人生……

就这样吧！

——就这样吧！

我们的平凡，也如此生动

原载《岁月》2022年第4期

　　王纪金，1974年出生，江西奉新人。江西省作家协会会员，中学语文高级教师，江西省骨干教师，国培讲师。已出版长篇小说《十七岁的青葱年华》、散文集《让梦想照进现实》、诗集《多年以后》。获叶圣陶教师文学奖、林甸杯儿童文学奖、昭明文学奖、郦道元文学奖、紫荆花诗歌奖等七十余项。

新江西诗派 诗歌年鉴（2022年卷）

W

W

一枚戒指

在时间的掌缝里，我不小心
漏掉了一枚戒指，金子的。
也许，落在我路过的草地上
无声无息。那时
只顾着赶路，我并不想
找回它
很多年过去了，又是很多年……
我头发花白，拄着拐杖
空屋子里，努力地睁开老花眼
寻找阳光和记忆，它又回到我心中
那枚丢失的戒指，再也找不回来
但我知道
它一直在时间的角落里
闪着喑哑的光

原载《交通旅游导报》2022 年 3 月 23 日

王静，女，1974 年出生，江西鄱阳人。江西省作家协会会员。在多家报纸杂志发表过诗歌及散文作品。作品《银山银矿遗址调查日志》获国家文物局主办的第三次全国文物普查征文优秀奖。

景德镇：陶溪川

我试图在今夜把一个太阳读懂

哪怕它躲进了深夜的时光里

我在一座龙窑里读懂它

在一个浴过火后的瓷器身上读懂它

在一座直插云霄的烟囱上读懂它

在一片柔和的浅浅的灯影里读懂它

作为一个思者

我想我漫无目的地游走是对太阳的不恭

在陶溪川

我想，景德镇就是太阳的代名词

无法读懂

W

赣州街头的榕树

几乎在南方所有的城市与乡村

我对榕树已经熟视无睹

我无视它的随遇而安

无视它的坚韧与夸张

可是，今天不了

走在我再熟悉不过的赣州大街上

满大街的榕树裸露着壮实的身体

以及倔强地展现的根

让我相信了根的力量

相信大地的吸引力

相信空气对它的诱惑

由此，我也相信了命运的选择是无法抗拒

在一滴水里觉醒

在一片林海寻找风的甘甜

在一滴清泉里聆听花的清香

这滴水必须来自林间

她才如此纯净

一滴水是坚硬的

一滴水，从不诉说疼痛

独自在奔波中悟禅

大知而后大觉

或为一道彩霞或默默地滋润在大地

2022 年 5 月

王小林，1967 年出生，江西抚州人。中国诗歌学会会员，江西省作家协会会员，江西省新闻工作者协会会员，江西省散文学会会员，江西省杂文学会副会长。出版散文诗集《心约》、散文集《靠情感过日子》等多部著作。有诗歌作品入选四十多个选本。现居南昌。

宋溪，宋溪

这里有山，有水，还有历史

有传说，有励志，更有孤独

兴衰荣辱自有定数

一条溪水，去向模糊

它的行踪，不想被人指认

两岸草色青青，空有凌云之志

时光习惯了潜行

一个没落朝代的寂静

留下一路寂静的回声

宋师墓，宋师岭

宋王山，宋溪头村……

它们习惯了沉默，习惯了掩藏

它们更习惯了宁静

来不及说出的梦想，持久，辽阔

那么富有激情

要经历怎样的磨炼

直抵幸福与忧伤的源头

真正的大海，其实已不远

原载《散文诗世界》文学月刊 2022 年第 1 期

王晓忠，1968 年出生，江西永新人。广东省作家协会会员，汕尾市作家协会理事、诗歌创作委员会副主任、诗歌学会副会长、散文诗学会理事、城区作家协会副主席。有作品千余篇（首）发表于海内外百余家报纸杂志。著有诗集《南方以南》等。现居粤东汕尾。

白 鹭 记

一江春水已成夏浪
我在 33 楼一个靠窗的位置
写材料，崖柏香袅袅着
变幻出各种形象
一只白鹭在江上低飞
我把沉重的肉身打扫
干干净净，顺手扯出
一缕不可描述的心思
打进天空的包裹，交付
这洁白的信使，目送它
驮着一身庄重的夕光
向下游飞去

2022 年 5 月 11 日

樟 树 记

一夜雨水过后
赣江片面抬高了自己

在红谷中大道上走着
已是 2022 年的春末

两边的樟树脱掉
臃肿的羽绒服，换上最近

刚上市的新款连衣裙
姑娘们走过，一叶落下

砸中的
已不是过往那个

2022 年 5 月 12 日

焚 香 记

点燃一支香
黄昏中独坐

这是一个欠发达地区
男人的日常一刻

案头是无尽的文牍
身后是一条河

暮霭沉沉的天空
正将我改写

2022 年 5 月 16 日

王彦山，1983 年出生，山东邹城人。中国作家协会会员，江西省作家协会诗歌创作委员会副主任，南昌市作家协会副主席。诗歌发表在《诗刊》《中国作家》《钟山》《天涯》等刊物，入选《2009：文学中国》等选本近百种。参加诗刊社第 30 届青春诗会，出版过诗集。先后获三月三诗歌奖、中国新锐诗人奖、中国青年诗人新锐奖、南昌市滕王阁文学奖等。现居南昌。

W

W

玉　兰

在望晓源，玉兰树是双生

它们并肩而立

一长，就长成爱情的模样

养育出的花朵

都活得幸福，滋润

树下潺潺而过的玉兰溪

是完美的花冢

好像死亡的爱，也有了最明亮的去处

而玉兰是我的乳名，一喊

群山就有了呼应

再喊，时光深处的女孩

会幻化成万千朵洁白的玉兰花

在正午的阳光下，在此时此刻

向着望晓源，飞奔

原载《创作评谭》2022 年 1 期

古 城 墙

宛如一块笨拙的补丁
褪去雄关，威武的元素
炮筒口抬高
高楼大厦逼视的目光

历史的帷幕是真的落下了
变成一堆陈丝烂草
掩饰不住它的老态
疲惫又寂寥

分不清城里城外
每一个方向
都有外来者，入侵者
它守护的子民，融入其中

一千年的模样，在落日余晖里
摧枯拉朽
它是时间的弃儿
已不见金戈铁马，市井喧嚣

2022 年 10 月

王玉芬，女，1966 年出生，江西九江人。江西省作家协会会员，九江市
作家协会理事，九江市诗歌创作委员会副主任兼秘书长。诗歌作品散见于国
内各大报纸杂志，并入选各种诗歌年选及文集。出版诗集《我们活在同一时
间里》。

在乡村，灶神最为朴实

乡下的父亲，择日请来灶神

打造灶台，燃起柴火

煮饭弄菜，炖煮猪食

房屋田间便飘落她的神韵

日子过得艰苦、腌臜

也不嫌贫爱富，喊疼说累

却供奉着剩饭残羹

日日怀持夙愿

塑造成不变金神

年关最为欢快、露脸

推出拿手好戏

在乡下，灶神最为质朴

无处不在

2022 年 1 月

王月山，笔名王一鹰，江西九江人。江西省作家协会会员。散文、诗歌见《人民日报》《青年文学》等全国各大报纸杂志与网络平台，作品入选《2020 年中国优秀散文三百篇》《2020 中国年度优秀诗歌选》等优秀选本，著有个人文集。曾获多个奖项。

天空中那么多被放牧的羊群

此刻，我认领的一只
也豢养在一幢大楼里

再大的楼都关不住他们
他们要走向自由，追着风

终究要放的，这是宿命
羊们终究要去往各自的天空

叶子落下来了，雪花还没落下
天空尽显它的辽，与阔

天空中有那么多被放牧的羊群
那没有痛苦没有汗水的

自由的天空
牧羊人也将去往那里

2022 年 11 月 9 日

王长江，江西上饶人。江西省作家协会会员。诗歌散见国内各大报纸杂志。
数十次在全国征文比赛中获奖。

W

失 乐 园

山花开得丛丛簇簇
野蘑菇长得到处都是
孩童跑进山林，又消失在山林尽头

一晃十余年的漂泊
老家的泥香也渐渐从鞋底脱落
路越走越远，没有归期

寂寥的午后，母亲翻出一箱旧玩具
在暖阳里孵化一院子欢笑

2022 年 10 月 22 日

假 面 具

送她一个假面具吧
她要藏好糖果
藏好怀揣一颗星星的不安

她也要把自己从壳里放出去
放进草原，放进柔风细雨
与萤火虫交朋友
与蒲公英共舞

假面具下也会住着一颗率真的心

2022 年 8 月 27 日

忘南，原名宋新琴，女，1982 年 10 月出生，江西贵溪人。诗歌爱好者。

W

李　白（组诗选三）

北寿山，开元二十二年

棋琴和书卷可爱，般配着我们的智识
收进箧中，不会再影响你的健康
稻米收成，果腹之外酿成的醴酒
仅能满足我一人之需。北寿山幸存在许家大宅之外

我们幸存在自己的命运里。醅酒的浑浊度
你肌肤转向瓷的釉色，都和消磨的光阴
成正比例关系。有的对应着
几亩薄田的贫瘠。有的对应我们陪伴的密度

我仍然会醉去，还会惦记墙角的长袍
但在醉酒中开始添加你的名字也是真的
有时称呼迫切为向遥远的呼唤
浑然不觉在身边望着山峰的你

同样浑然不知。只是伸伸手牵牢了我的衣襟
我会重新穿上挂满风尘和星辰的袍子，走进你
剩余视线里，带回黄金和礼物。而这，终究比不上
我在另一场醉里醒来，开始懂你

金陵，天宝十四载

要看清天边的一朵冻云不易，看见其后的乱云飞渡
尤其难得。这些，又如何能比
一眼看出匕首有多锋利和携带它的人
突然来到的目的。就像一醒过来就回忆梦境

这么及时。你让我想起
一个出现在六年前叫萧三十一的年轻人
作为运梦使者，他的可贵在于为一封
刚刚恢复前一晚梦境的书信而来

在那信里我都描摹了些什么？对于平阳我不忍
多告诉你一个字。还是不谙世事的伯禽让人称心
只用一辆玩具车就擦亮了童年。在母死姐卒
暴风骤至的今天，我愿他没染上她们易悲的性情

在惊鸟冲天的树林收好匕首和弓矢，矫若猿猱的身段
张狂的匪兵视野中隐匿不露。这样的行为
不逊于破阵杀敌。在冬日的薄云下，我吃惊于
天际处一个少年清瘦的身影，给了我反差巨大的认识

浔阳，至德二载

锁链和刀剑一样用金属铸成
牢墙和城堞同样用泥土筑就
渴望上城楼杀敌

身却陷入狱墙

一次次写下求救信，写下赞美的诗歌
一想到那些赞美在时下显得多么可笑，羞赧便如醉酒了
一想到今生屡屡将最后一杯美酒递到朋友面前
想到那些吟咏对方诗赋的时光、那些为友情

挥霍的才情与金钱，羞赧便如长醉般难醒了
看见妻子为救我而来回奔波，我愿醉后不复醒
可是睡着了，梦见的仍是金陵子的柔情
前妻的体贴，鲁妇的隐忍，平阳伯禽对父亲的苦恋

和母亲一起失散的幼子颇黎的可爱
锁链的用料比任何武器都多
浔阳的牢墙厚过世上所有的城墙
为什么给予最少的，却赠予我更多

2022 年 5 月

未央，原名胡志军，75 后。江西省作家协会会员，江西省评论家协会会员，江西省第四届青作班学员，新余市评论家协会副主席，新余市中青年优秀文艺人才。迄今有 20 多万文字见于各大报纸杂志。

见　过

我见过的那个人在上楼
我见过的那个人上了楼梯的拐角
我见过的那个人渐渐缩小，缩短
缩成一把钥匙，插进一扇铁门
我见过的那个人抱走了自己

草　根

草在接近春天
草在改变我们惯有的视角、脸色

草趴过的地方，是我们偶尔回忆的栖所
草挡了我们的指纹、脚印
将春天的消息塞进花蕾、茶杯、笔管
或者荧屏、无处不在的缝隙
滋扰我们的内心

而我们的内心

仅仅晾出了
春天的片段
某些与我们握别的
草根

蟑　螂

我看见一只蟑螂，钻进垃圾桶
在寻找食物
用它的细脚支撑它的外壳
将微光中的某片腐肉搬入阴暗的洞穴

它目视一切的时空
它在不断蜕化它的胃口、心律
以及群居的蹦达，披挂夜色的秘密

其实，它早已摸清了尘世的冷暖和深浅
一次又一次孵化它的同伙或替身

2022 年 2 月

渭波，原名郑渭波，1963 年出生。中国作家协会会员，江西省作家协会理事，上饶市作家协会副主席。在海内外 300 多种报纸杂志发表文学作品近 1800 篇（首）。作品入选近百种有影响的诗歌选本。出版《裂片的锋芒》《漂流的家园》等诗集多部。有 50 多篇作品在知名报纸杂志杂志或全国征文大赛获奖。

八大山人的鸟

这是一枝枯枝

你睁着一只眼，瞳孔里

好像有一团烈火

另一只眼，像一扇沉重的

铁门，紧闭着

连我的思维都穿不过去

我只好拎着满眼的

失望，在门外的阳光下

等你的归来

一直等到大明的日头

从远处的山冈消失

才知道，你关闭的

远远不只是一个

绝望的灵魂……

一棵古树

我曾无数次地试图

在你的身上找出那个古老的

入口，然后在你的心中

眠上一夜，我想蜕化成一株

智慧的植物，与蓝天和白云对话

人世间的奥秘，我承认

我的私心满满，如汹涌的

山洪，让一切挡不住

我的脚步，包括植物与人的

界限，还有你和我的隔膜

在一棵生命已经脆弱的

古树上，我想重新

认知这片古老而又无边的森林

并站在这片森林的入口处

赤壁感怀

我把自己钉在赤壁的

岸边，不看厮杀，也不听

涛声，只听止水的心音

感觉来来往往的人流

比翻书还快，一口气还未

呼吸完，那把羽扇就已破碎

世事已经回到原点

而你却已不在

2022 年 9 月

吴光琛，笔名古莲，江西省永新县人。诗人，佛学者，江西师范大学商学院等院校客座教授。著有诗集《你和我：虚拟故事》《醉与非醉的旅途》《纸栅栏》、随笔集《喻世恒言》、管理学专著《优势型经理人》《优势导向管理法》等十余部著作。曾获"石榴花全国新诗比赛一等奖"等多项诗歌奖。现居广东顺德。

W

卖菜的翁妪

太阳升起来，我蹲下去

不容易啊

八十多岁一对翁妪

每天从北亭走五六里路

到兵马垄卖菜

补贴家用

不知他们的儿女咋样

只看见他们脸上的皱纹如世路

还需要身旁的拐杖

力撑人生一程

而我只能买些菜

用我的心酸，看一看

搀扶你们

走过早市收税的一元凭证

见一次少一次啊

你们都是故乡这杆良心秤

还活着的定盘心

2022 年 9 月 2 日

吴晓华，1970 年出生，江西瑞昌人。瑞昌市作家协会主席。作品陆续发表于《诗刊》《萌芽》《中华诗词》《中华辞赋》等多家刊物。

W

忆 外 公

是谁温暖了我无忧的童年

那样深厚，那样明媚，好像还在昨天

一茬茬胡碴，轻划过我稚嫩的脸蛋

花白，在四季的辗转中散开

是谁在睡前为我讲述传奇故事

那样生动，那样离奇，在每一个聊斋的

奇幻里，设想出自己的神话

深夜，有一种无止境的神秘

是谁在棋盘上教我排兵布阵

那样缜密，那样圆转，一颗颗棋子

背起行囊，从每一条楚河的边缘

飞渡，奔赴各自的远方

是谁把时间悬停在了前年冬天

那样寒冷，寒铁一般，和着霜雪

丝丝入骨

从此，绵绵思念延伸每一个梦里

2022 年 12 月

吴衍，女，1991 年出生，江西武宁人。南昌市作家协会会员。现供职于江西省农村信用社联合社。作品散见于多家报纸杂志。曾获大学校园现场写作比赛冠军、江西·农商银行全省写作比赛三等奖、九江辖区写作比赛冠军。

W

W

潮声远去

从沿海回到内地，可那只螺
却时常提醒我
别忘了赶海的姑娘

你还好吗
尘封多年的记忆
为何还在海螺里生生不息

走进一片灯火

通明也好，辉煌也罢
都交给黑夜

我只取微光一粒，留作火种
点亮晨曦

2022 年 9 月

伍小平，微名倚栏观景，江西贵溪人。江西省作家协会会员，贵溪市作家协会党支部书记。有诗歌散文五百多篇散见各大报纸杂志及网络平台。新闻作品多次获省市新闻奖，文学作品入选多本文学合集，偶有得奖。

月亮简史

关于月亮的简史
反反复复，只记录两件事
一件，写窗前仰望的人
另一件，写月下赶路的人
月光是最轻柔的笔
却把人间事
写得浓厚深重，入地三分
难怪，月盘里的墨
空了又满，满了又空

W

风与斧头

寒风中
舅舅扛着斧头从山中归来
不知是斧头割疼了风，还是风割疼了斧头
我听到风在呼呼地呻吟
看到斧头发着惨白的光

同时被风和斧头割疼的人
却没有喊疼
他默默地，用暮色包扎全身的伤口

2022 年 12 月

　　伍晓芳，1974 年出生。中国诗歌学会会员，江西省作家协会会员。在国内各大报纸杂志发表作品。出版个人诗集《像雪一样飘落》、散文集《一树芬芳》，作品被收入多种散文和诗歌选本。

暮　晚

撑一条渔船，出湖
用捕鱼卖来的钱，去换取生活
夕光，一盏昏黄的灯
照亮靠岸的时辰，一圈圈浪
是湖面弹起的渔歌
老渔夫除了关心他收回的网，还关心
那个逐渐懂得在夜晚看星星的小孙女

原载《诗歌月刊》2022年第6期

W

武功山记

飞鸟敛翅半山
菩萨立于堂中
武功山的钟声悬在天穹

一场雨留住了香客
一朵莲在掌中盛开，留住了雨水

涟漪泛起，一圈圈散开

我在雨声中听经
经文有入定之功，它让我明白
存在的，都有其必然性

佛，懂得如何挽留

原载《诗歌月刊》2022年第6期

伍岳，男，90后，江西南康人。江西省作家协会会员。作品散见于多家报纸杂志，有作品入选《2018江西诗歌年选》《2020中国年度散文诗》等，江西省第六届青年作家改稿班结业，参加2019年江西谷雨诗会。

望 乡 台

守庙的师父在前面引路

领我们跨过山寺红长石的门槛

进入殿堂　在菩萨的慈悲和众罗汉的注目中

我突然感觉自己不会走路了

脚好像踩在棉花上

深一步浅一步地。从殿后门出来

眼前出现一个崖洞

师父告诉我们　此洞名黄牛洞

从前洞内偃息一头金牛

顺着峭壁缝隙滴下来的是油

后来一位神仙将金牛牵走了

油就变成水。目前的光景来看

水也没滴了　两口石缸干涸见底

缸沿蹲着一只小猫警惕地盯着我们

等我们靠近　它倏地一下蹿开了

躲在附近不甘心地喵叫

师父继续带领我们往后山上走

虽说是路　其实在陡坡上攀爬

不时有杜鹃科灌木阻挡去路

快到山顶的时候　几块岩石凌空飞翼

这就是望乡台了　我们站在嶙峋的岩石上
放眼眺望　果然视野开阔
青山隐隐　田畴俨然
师父指着远处说：
前面那片低矮的房子就是醪桥镇
再远的大片的就是吉水县城
旁边一条泛白的就是赣江
你们城里人喜欢说的——乡愁。

2022 年 11 月 11 日

夏斌斌，1967 年出生。供职于江西省吉安市水务集团。作品散见于全国各刊物。

一场雪说下就下了

一场雪说下就下了
还没容我从冬夜醒来
还没等我起床洗漱
还没待来人接我出门
一起雪中漫步，聆听
雪落的声音，就已经
白了他人的头

2022 年 3 月 6 日

X

我在秋天回望一座渐远的村庄

头顶上的白云
沉默不语
投降的旗子
缓缓落下

一座村庄

带着很多老房子
像父母拖拽着子女

我站在西风猎过的田野上
看见一群老人
在皱褶里
晾晒
他们的过往、荣耀
和创伤后的疤痕

2022 年 8 月

　　夏雨，原名夏菊英，女，1980 年出生，江西永修人。江西省作家协会会员。
著有励志作品《生命是一场马拉松》，有诗作入选《新世纪江西女作家作品选》
《2014 年星星诗人档案》《2018 年中国新诗日历》等选本。2013 年成为《阅
读与作文》第 8 期杂志封面专访人物，并成功当选为江西九江十大优秀女性。

等一场雨

雨，是阳光的反向叙述
在阳光不愿光顾的地方，比如一些背面和沟渠
雨都会仁慈抵达。我在漆黑的夜里

站立如一匹黑马
在漆黑一片的草原啜饮漆黑的凉风
内心，漆黑一团。需要一场雨

把漆黑的天空擦洗干净
露出玫瑰色的黎明，那时我鬃毛蓬松
马蹄也会踏出，发亮的质地

X

货 郎 记

我是一个走街串巷的人
是一个，熟悉他乡
胜过故乡的人

我是一个在尘世里找路的人
拥有敏锐的嗅觉。
我能闻到骨头里的悲伤
眼睛里的渴望
指尖上闪烁的小欣喜⋯⋯
还有那些，在田野里大声呼喊的人
——我都给他们，送上糖果

我是一个搬运糖果的人。
暮色已至
淹没一棵树孤单的影子，而虚无辽阔
我再次转起手中的拨浪鼓，像转起经筒
是召唤，也是祈祷

大 风 歌

月夜下的山林像妇人般宁静
怀抱博大的爱。她在孕育。

曦光初照，一场大风
从山林分娩而出。
一场大风，如果足够慈悲
它会剥去世间所有的枯枝败叶

犹如新生。如果再慈悲一点

它会让整片山林，把身子

齐齐躬下……

如果更慈悲一点

它会来到一个孤独的渡口

把一位垂头丧气、无法自渡的人

送达彼岸

2022 年 11 月

肖春香，80 后，江西永新人。江西省作家协会会员，新余学院教师。诗作见国内各大诗刊，入选《2020 中国新诗排行榜》等选本。现居江西新余。

X

X

看　望

在老家，两个孩子
在大人的狂欢中溜了出去
他们走向后山坡

他们可以走更多的路
他们来到了爷爷的墓地
他们没有说更多的细节

也许在墓前跪了下来
也许没有

他们说起下山路上
路过油菜花
路过长满菌菇的草丛
路过养着石衣的石头

他们再说起爷爷时
就像他就在山里一样
已经没有悲伤

原载《鹿鸣》2022 年第 8 期

筱凡，原名周真红，女，江西上饶人。江西省作家协会会员。作品发表
于国内各大刊物，入选过多种选本，诗歌作品获奖多项。

长城一瞥

如一张横跨万里的巨弓
拉满圆弧
便可囊括整个中华
射出穿透时空的利箭
是谁还在注目
那塞外的千里苍茫
荒草狼烟
霜风冷月
听
岁月深处
"咚咚"的马蹄声踏地而来
你裸露的胸怀
留下多少斑驳的伤痕
然而
在如血的残阳里
你布满沧桑的容颜
依然如此淡定从容

2022 年 3 月 12 日

谢飞鹏，原名谢章成，网名忘庐客子，1971 年出生，江西武宁人。中国小说学会会员，江西省作家协会会员，小小说月刊签约作家。已在公开纸媒发表作品八十余万字。诗歌入选《中国当代爱情诗选》《2018 江西诗歌年选》等选本。

X

远　方

音乐里面有粮食
书页间
曲径通幽
在眼睛里面听见声响
雨声缱绻
光阴在瓦檐下叮当

白天是苍白的白
黑夜比墨汁还黑
春天怀了春
花事繁密
握紧爱人的手。看一场电影
午夜的街道通往梦乡

醒来是你
借着山涧般干净的晨光
看见
秀发覆盖的爱情模样
春是嫩绿的叶子和远方
在枕旁

在爱人一弯长长长长的睫毛上

2022 年 5 月 13 日

冬天，以及海昏侯

冬天这个词，闪烁如中空的马蹄金

我想，我想应该为你写几行光亮的诗

檀香缭绕，肉身失守。空旷无边的四万平方米墓居

在两千年以后的阳光下熠熠生辉

初冬的南方还只有你飘忽的身影在拍打玻璃窗

我无须生起一盆炭火取暖

多漫长的黑夜，多寒凉的白日

我都会归拢一堆和你有关的落叶，为你燃起篝火

二十七天高光湮灭。记起你雪域般沉默于荒野，总会感觉些些冰凉

当然也有人声鼎沸马车喧嚣，叮叮零零的编钟回响

五铢钱生起了绿锈。人世间，酒红梅花执着而温暖地开放

历史被盗。时间之后，活色生香，却已不见刘贺不见海昏侯

躲不过冰霜严酷，芦苇在风雨中低下头

你以十六如玉女人暖身，播种廿二儿女酬志

岁月无血无肉，滤尽那声色

2022 年 11 月 9 日

谢胜瑜，1968 年出生。江西省作家协会会员，《读者》签约作家，出版人。在《人民日报》《读者》《星火》《创作评谭》等报纸杂志发表作品一百余万字，出版长篇小说一部、散文集九部。现居江西南昌。

与母亲在周家山闲谈

从这里望下去，会看见
荒芜的杂草，遮掩若隐若现的坟包
那些站起的墓碑，像一场
村里的集会，在大山里探出头来
颓败、苍老，已分不清性别
与辈分，仿若流星，匆匆在人间
走过一遭。母亲自言自语
每一片黄土，都可以埋人
顺着她幽怨的眼神
山下一座新建的千秋堂
它白色的外墙，摇曳的修竹
在深秋的夕阳下无比冷寂
如果再把目光放远一点
远处的厚田湖，此刻正晃动
不安的波光

原载《诗选刊》2022 年第 6 期

熊加平，1971 年出生。江西省作家协会会员。作品散见于各大诗刊。获省市征文奖项若干。现居南昌。

春风十里

在烟雨绵绵的日子来看你
春风十里，偶遇匆匆掠过大椿的早茶
便爱上这朦胧的山野暮色
悠然的杨柳荡漾着春晓的情怀

路过白堤，难忘那断桥的相会
站在桥上向下一望
唐诗宋词张扬着女子的浓妆
这暖意融融的江南独有的温柔就如秀发被撩动了
你听，千古绝唱染渲着山泊与英台相视的对望
春水初生，春林初盛
啼莺舞燕，小桥流水飞红

雷峰之巅

在月亮的怀抱中回望
静谧的夜色
寻找白娘子与许郎痴情的纠结

悲欢情愁一笔一画地传说着爱情的悱恻

远山空蒙，看不到潋滟的波澜

却深爱着如镜的安详

静静地看着，默默地爱着

那是给我一天，还你千年的情分

2022 年 3 月

徐春林，1981 年出生，江西修水人。中国作家协会会员，《大江文艺》执行主编，鲁迅文学院第三十六届中青年作家高研班学员。曾在各大报纸杂志发表三百余万字。著有长篇小说、长篇报告文学、散文集、诗集十余部。曾获江西省第六届谷雨文学奖，第五届、第六届中华宝石文学奖，人民文学奖，中国小说学会短篇小说奖等奖项。

X

秋　歌

秋天，适合把自己挂上枝头
体验一颗果子成熟的过程
从头开始，然后是眼睛、鼻子、嘴
接着是身体和四肢
等它们全部疼完一遍，就开始发甜

原载《诗潮》2022 年 11 月号

翻　漏

只有秋天还在闹腾，泼洒着灰白
以外的色彩
只有落叶簌簌，替这里发声
留下孤零零的鸟巢

他们认定村庄屹立的徒然，内心
与那面灰墙一道，生出裂痕

一个男人赫然出现在屋顶

无声地为老屋翻漏

瓦片在他手上，被不停地掀开又盖上

每一次翻检，都像是把他前半生的伤疤

揭开又捂住。秋风不停地吹啊

漏不下一滴鸟鸣

他蹲在寂静与颓败里，不动声色地

为自己翻捡着，后半生的漏

原载《创作评谭》2022年第2期

徐琳婕，笔名烟火，女，1984年出生，江西浮梁人。江西省作家协会会员。诗歌见于各大诗刊，入选多个选本。获第三届"爱在丽江"爱情诗赛月度奖。

X

渼陂二月二

过了正月
就该是抬头看天
出行躬耕的日子
二月二，龙抬头
渼陂以盛大礼仪
为子弟饯行

古巷灯笼高挂
亲友悉数入席
彩擎彩车转起来
金色巨龙舞起来
古祠里盛装列队
擂响出征大鼓
一杯壮行酒
微醺中归于宁静
年底归来
延续古村的沸腾

2022 年 3 月 4 日

母亲的杜鹃花

有一种花

总在清冷时给你灿烂

在滴泪的清明

缤纷着回乡之路

思绪被满山火红渲染

平添阵阵感动

年少的春天

母亲采回大把杜鹃花

我咀嚼花瓣酸甜

也装饰窗前美好

母亲的杜鹃花

从此盛开于心间

绚丽中透着脉脉温情

又到杜鹃花开

风中飘着延绵思念

母亲碑前山花烂漫

最鲜艳的那朵

X

是我种给母亲的杜鹃花

2022 年 4 月 4 日

徐明，1962 年出生。江西省作家协会会员。作品散见于《人民日报》《诗刊》等报纸杂志，出版《井冈情思》《我是河长》等诗文集。

第一面军旗

是谁　在历史的裂缝中

撕开恐怖的暮云

发出雄狮般的怒吼

霹雳一声　惊天动地

第一面军旗在修水的大地上冉冉升起

西风猎猎　军号嘹亮

厮杀声不绝于耳

镰刀与斧头编织的图腾

簇拥着五角星　披荆斩棘

踏上了漫漫征途

星星之火　点燃了井冈山的烽烟

沿着苏维埃共和国的血脉

跨过了湘江　渡过了赤水

翻过了雪峰　剑指万里长城

二万五千里长征的苦难啊　淬炼着你不变的信仰

你一路扬起民族的希望

一路托举中华的脊梁

历史的轮迹

是你用血与火绘就波澜壮阔的画卷
九十五年过去了
你从硝烟退守到展示柜里
心中的热血是否还在澎湃
胸前的弹孔是否还在隐隐作痛

第一面军旗从修水的大地上冉冉升起
伴随着东方的太阳
把祖国的万里江山照亮

2022 年 7 月 18 日

徐卫兰，笔名梦若兰兮，女，1972 年出生，江西修水人。诗歌爱好者，有作品散见于国内各大诗刊等，有诗歌入选《中国最美爱情诗选》等。

乡村风物·端午

新娘一排排站满田野
青蛙和农药瓶
敲锣打鼓，准备送亲
蜘蛛、花脚蚊、禾穗的嫁衣
回南天被霉菌装饰一新
等风来，等雨停
等三月出生的燕子
六月里剪刀磨出了刃

65 亿岁的老太阳，我等你
凌晨四点爬上屋顶
等你烘烤，等你燃烧
等田野收割干净
湿地松脂流如注，今夜
把伤口填平

2022 年 6 月 3 日

徐晓军，1977 年出生，江西吉水人。江西省作家协会会员。喜藏书，爱好阅读，文史哲皆有涉猎，偶有会意，为诗为文。奉行言为心声，言之有物。在报纸杂志和文学网站发表诗文约十万字。

X

庐山桃花源

单行车道渐入桃花源
一如初爱不被惊扰
青山相对出　矮草山上生
屋舍俨然　瀑溪泻流
一百米桃花经久艳丽
一线线谷帘泉飘逸出尘
陆羽赞誉的天下第一泉
又如初绽的桃花　团团簇簇
活在我们所有人的守望里

人行草木间
意出风尘外
不知有汉　无论魏晋
就算你从洞口出山入世
终将会有理想和宁静
如桃花横亘开放　牵缘你
回归家园　又见炊烟升起

2022 年 10 月

徐燕萍，笔名萍踪，女，1966 年出生，江西九江人。小学语文教师，江西省作家协会会员。作品散见于《诗歌报月刊》《人民日报》等报纸杂志。出版诗集《当春风吹暖人心》。

时　光

候鸟就在不远处，不可亵渎
我们像是另一群候鸟

总也忘不了这些齐腰的水草，它们丰茂的样子
像积攒的美好的时光

芦　花

不止一次写到芦花，但从不敢过重
就像站在这，草原深处
不敢轻易去碰。只是在薄凉的季节里
看一只只候鸟飞来，又飞走

其实挺羡慕它们，那么轻盈，能自然地老去
风一来，像什么都没有发生

白 云

这里空旷、肥沃
是西风不断吟唱的地方
你看，这萧瑟的季节，又何以为记

有朋自远方来。白云高高擎过头顶
我们纵酒、高歌
像一群放荡不羁的少年

2022 年 10 月

许天侠，1979 年出生，江西鄱阳人。江西省作家协会会员，中国诗歌学
会会员，鄱阳县青年诗社社长。作品散见于各大诗刊，入选国内年度诗歌精
选等多个选本。获中国诗人创刊三十周年全国诗歌大赛二等奖等。

中 元 节

一直在尘世活着
烟火袅起
太阳升落
照亮人间角角落落

上元节猜猜灯谜，中元不约而至
农历七月半，幽冥界大开
大鬼小鬼，善鬼恶鬼，有执念无执念的
和人间一样，点香烛烧冥币求心安

爷爷奶奶和父亲，与左邻右舍
会飞快下山，各找各家
藕断丝连，他们互生牵挂
和秋天一样山高水长

山下，村庄人烟渐薄
和母亲一起慢慢老去
她的唠叨和气喘像老姐妹，说：
父亲在山上的村庄等她去烧饭

2022 年 10 月 9 日

许小良，江西抚州人。江西省作家协会会员。在各大报纸杂志发表诗作，入选多个诗歌选本，出版文集《绿野》、诗集《清清抚河长长水》。在全国诗歌大赛获奖三十余次。

盛 放

茉莉开了。每次走过书房
它都自在地香
短夜的灯，长日的梦
都不及它半分的善良

在日夜里沉醉的我们，望着它
说起岁月良多，
也不知道
还有多少时光可以蹉跎

南方的秋

许多植物
不知倦怠地绿着
幸好，第一棵槭树红了叶子
走了不远
另外一棵槭树也红了几片

远方的云浓浓聚起

几重际遇

让素未谋面的人和故事

恰巧具有意义

同样，在这个季节的起止，

木槿在开她的花

女贞在结她的种子

狗 尾 草

阳光照着它，风吹着它

它的种子

望着它的盔甲

X

时间总会向前

万物总会变迁，

一株

负隅顽抗的狗尾草里

藏不住跃跃欲试的整个秋天

2022 年 9 月

谢雨新，女，1993 年出生，黑龙江牡丹江人。北京大学中文系硕士，日本筑波大学人文社会系博士。现任教于南昌大学人文学院。诗歌作品见《诗刊》《中国诗歌》等杂志，出版诗集《初语》（2020）《余百》（2022，日本）。现居南昌。

一时感触

光藏在云层之中，藏在
屋背山后的森林里
藏在海水的咆哮时，藏在寂静的独处
小屋
藏在我写过的所有情诗，为了等待
你的出现，可抵这刻
轻轻一吻
世界悄悄打开
一切都看清楚了，另一切也明白了
不冷不热，不增不减
恒的度量中，爱才是真永远

大　雪

这场雪来了，我们围炉夜坐
红薯、羊汤、白萝卜……
一边吃一边说，那时我们……
没有月色，窗外是纯黑无边

正好黑得炉火更烈更暖

你说吧，尽情地说那些不开心和

开心的

我想告诉你，这一切无关紧要

会过去的，一切将过去

一切里面当然包括了疫情

包括了所有人的爱情

所有人的时间，藏于山川之间

藏于你我再也看不见的地方

这场雪，对所有人来说都是

冷，超冷

而对你我来说暖，特暖

2022 年 12 月 26 日

雁西，原名尹英希，江西南康人。中国作家协会会员，中国诗歌学会副秘书长。出版个人诗集《致爱神》《致大海》《雁西情诗 99 首》《神秘园》《盗梦者》等十部，参加诗刊社第八届青春回眸诗会。曾获世界诗人大会创意书画奖，加拿大婵娟诗歌奖，第四届中国当代诗歌奖，2016 年两岸诗会"桂冠诗人奖"，2019 年意大利但丁诗歌奖。

Y

一个人从黄昏回来

一匹马往黄昏深处走
通体乌黑，几乎延迟了黑夜
空出来的，多于天边的云霞
入晚的风吹得人慵懒
暗红飘忽的炉火复燃
这是我一直喜欢的生活
与黑夜无争，保持善意
等待更深的黑降临

我看见那匹马，在一片红树林前停下
余晖照拂着它金色的鬃毛
花草的种子嵌入四蹄
它回头看了一眼不远处的马厩
向黄昏深处打了个响鼻
屋檐下挂着的马灯被黑暗拨亮了几许

一个人从黄昏回来
身披金色斗篷
马儿自顾牵着你走进了暮霭
哒哒的蹄声里，你还来不及老去

2022 年 11 月 7 日

愤怒的柿子

柿子在冬天的树上无处躲藏

倾斜的枝条，几只鸟儿像伪装的枯叶

阴沉的天空披着巨大的黑袍

有意压低了我们的视线

我们注意到了大地上发生的一切，有什么用

此时它的愤怒已大于我的愤怒

爱也更饱满，炽烈

它可以献身，供奉啄食

却绝不献媚，委于流言

整个秋天它一直在树上修行

抱圆自省，通体散发着金色的光泽

我们只能看见它柔软的外表

因为迫于它的高度，还看不见它坚硬的内核

但它远比我更能隐忍疼痛

即使摔得身败名裂

也保持着阳光锻打过的纹理

我曾长久地站在树下

等待柿子跳下来砸在我的头上

让我有一种顿悟的痛彻

柿子的愤怒里，喂养着一颗子弹

祖国的悲怆里，喂养着一场大雪

2022 年 12 月 7 日

　　杨北城，客家人，1964 年出生，江西南康人。世界诗人大会北京办事处常务副秘书长，北京诗社副社长。参与编著《二十一世纪江西诗歌精选》。有作品散见于《芳草》《海燕》《诗林》《诗选刊》《诗刊》《大诗歌》《中国新诗排行榜》《当代诗歌》等刊物与选本，出版诗文集《皈依之路》《秘密的火焰》《纸锭》等。现居北京、南昌两地。

雨燕之歌

雨燕，驭风的少年
滑向鹰城的蓝天
在降落的一刹，等待
等雨，一起跌入
盈盈碧波，潋滟无比的深渊

母语的展翅，渐渐收拢光羽
将自己，忘却
成一片飘向湖心的落叶
随着无声的韵律起伏，沉醉

你的翼尾，溅起一串水珠
住着岁月走失的云
和一些孤独忧伤的诗
转眼变成湖面交织的波纹，消散

那些穿越云霭的雨燕
摇曳生姿
如同晶莹剔透的语言
它匆匆赶回故乡，只想

把你的视线和光阴一起，轻声挽留

2022 年 11 月

　　严正华，中华诗词学会会员，中国诗歌学会会员，江西鹰潭余江区韬奋学校高级教师，江西省作家协会会员，鹰潭市作协副主席。作品发表在多家报纸杂志，出版诗集《燃烧的泪珠》。荣获 2019 年中国诗歌网诗歌大赛优秀诗人奖。

立冬日石钟山远眺

湖，是落了叶的树
树，是退了水的湖
湖与树
清瘦的背影
重叠在秋天的深处

雾，苍苍的
犹如，散漫下来的时光
又如忧郁
在谁的脸上
若有若无，时隐时现

更远处
湖山方向、江天方向
一片虚无
又尽显
虚无之美

2022 年 1 月 6 日

陪客观石钟石

朋友们来得像风，朋友们来了像火
我无法不笑容满面，摇曳多姿
尽管如此，我还是无法否定
这些石头，乃我苟活于世的本相

此刻，我虽然是与朋友们站在一起
但我无法否定，我是站在石头一边的
我的愿望，就是这些石头
能让朋友们兴致勃勃、惊叹不已

2022 年 3 月 23 日

雁飞，原名石君贵，江西湖口县人。中国作家协会会员，九江市作家协会副主席。在国内各大诗刊发表过作品，作品入选《江西文学榜》《中国诗歌年选》《中国诗歌民刊年选》等多个选本。

街 头

前天是下过雨的
那天街上无人
只有流水漫向低处
今天阳光和煦
人声鼎沸
似乎暴雨从未来过

我远远看见
一起长大的胡姐
又在街头叫卖她的小吃
笑容可掬
与顾客一一挥手

如果前天
我没参加她母亲的葬礼
我不会知道
她曾有过一段悲伤

原载中国诗歌网 2022 年 3 月 8 日每日精选

杨东明，70 后，江西瑞金人。有诗作散见于《诗潮》《扬子江诗刊》等国内报纸杂志。现居江西赣州。

优 越 感

条条大道通北京
可有些人一出生就在北京
生在北京也没什么可羡慕的
在二千二百万常住人口中
他们是一千三百万分之一
而我们是九百万分之一
显然，我们的分母更小
而且还多赚了一个故乡

2022 年 7 月 16 日

给 表 哥

记得小时候，一个晚上
我们要说很多、很多、很多话
傻话、笑话、废话、开心话
悄悄话、无话找话……什么话都有
多到把蟋蟀、萤火虫、蝙蝠

燕子、壁虎、褐家鼠、猫头鹰

晚风、夜露、月亮与星星都吵醒

后来，你守望故乡，我浪迹天涯

好多年，我们都说不上一句话

有时就想，早知如此

小时候我们就不说那么多

2022 年 10 月 18 日

杨罡,1972 年出生,江西修水人。江西省作家协会会员。诗作入选多种选本。部分诗作曾在诗歌大赛中获奖。著有诗集《亚历山大与女理发师》。

致安徒生

在你的冬天
玫瑰未能禁受住风霜
而你的童话给世界送去芬芳

你伫立在哥本哈根广场
我仰望你，手捧鲜花

在你的王国
一个女孩手持火焰
我在想，波罗的海的波光
没有将你遗忘

原载《青年文学家》2022 年 4 月

种 梅 花

没有阳光的时候
循着暗香，窗前白玉兰

与墙角落梅，相谈甚欢

每当风雪降临
梅花开于每一个角落
我一朵一朵地采撷
种在我的诗歌里
每一首都有了梅的骨骼和香气

原载《作家报》2022 年 5 月

杨国兰，笔名垚垚，1965 年出生，江西抚州人，祖籍江西兴国。广东省作家协会会员。诗歌发表于多家报纸杂志，荣获国际诗酒文化、张家界国际旅游诗歌节、杨万里诗歌全国大赛优秀奖等奖项，入围十佳华语诗人。

Y

女　书

一座风情别致的吊桥

将我荡过潇水

一片摇曳生姿的翠竹

招引我来到浦尾

世间绝无仅有的性别文字

竟诞生于幽美的乡村

精灵般的菱形字符

冲击着我的视觉

湘女超绝的智慧勇气

震撼着我的心灵

村姑如泣如诉的低吟

犹如天籁涤荡我的灵魂

是什么造就了你

惊世骇俗的女书

她们为何筑起心灵壁垒

只在女性间寻求精神安慰？

与男子悲欢并不相通吗

还是对爱情的彻底绝望？

对庸常生活的叛逆

还是心思卑怯的反抗？

她们又为何那么决绝

让你作为陪葬祭品

使你成为永恒之谜？

真正知道你秘密的

只有天和地

夜色如水

四野无声

唯清风偶尔骚动

夜色如水

我们携手走过苍茫

不远处　一只黄鼬逃窜

我比它更惊慌

一双臂膀顺势缠绕

一阵晕眩瞬时袭来

我迷失于

这浩渺的夜空

就像勇敢浪漫的水手

迷失于女妖的歌声

月亮躲进云层

星星眨眼传情

世界美如斯

此刻，死生契阔　与子成说

原载《国际诗坛》2022年夏季卷

杨海蒂，江西萍乡人。中国作家协会会员，中国林业作家协会主席，《人民文学》杂志社编审。诗作入选国内多个有影响的诗歌选本，出版散文集多部。

养 蜂 人

蜂鸟潜伏于花月交错的幻影
蝴蝶潜入密林，蜘蛛网开一面
土墙听惯了甜言蜜语
竹瓦房高出风雨
任由霞光一遍遍涂抹浅梦晨炊
一脸憨厚笑出黝黑的美声
经日晒雨淋的素面不输任何化妆
养蜂人走路所带的风声，是甜的
老实巴交的
方言也有点甜

蜂们巢内自酿光明
一桶蜂巢割出春潮涌动
挤掉眉角露水，封存整个春天
乡村爱情
在玻璃罐里持续发酵
岁月偷不走朴素偷不走单纯
舀一小勺劳作　勾兑苦乐年华
一河思念无由　日夜清歌脉动大山的胎音

原载《奔流》2022 第 7 期

杨立春，江西宜丰人。中国诗歌学会会员。作品散见多家报纸杂志，出版诗集《远方：杨立春短诗选》。

榨 菜 油

父亲扶犁握锄的辛劳时光
与汗水，被季节催熟
进入更为欢快的收割、翻晒、打包

这些来自田野的收成
接下来是寻找一张
分娩油润农家日子的产床

用来清除杂物的木质风车不古老
那些作燃料的竹片与灶膛之火也依旧新着
只面对现代机械的榨油机，我们传统手艺古老了

那些撞榨的长柱还在记忆里吱呀
电动马达的翻转却让醒悟昨日的久远
汩汩注流塑料容器的香味有了怀念瓦壶的心事

2022 年 9 月

药 引

蕾，是花的药引

春夏，是秋冬的药引

当一杯酒，兑上另一杯
你，是我的药引

烈饮最终，归于的清淡
是器皿，倾侧白水的药引

2022 年 11 月 28 日

杨启友，1971 年出生，江西芦溪人。中国作家协会会员，萍乡市作家协会副主席。90 年代初开始发表作品，作品先后见于各大报纸杂志，入选多个选本，获人民文学杂志社及《诗刊》《星星诗刊》等举办的征文赛奖三十余项（次）。

冬　雷

隆隆巨响
炸碎雪糕冰凌
喜迎春

2022 年 12 月

　　杨西海，中国管理科学研究院学术委员，中科欧亚学术委员会委员兼客
座教授，江西省民间文艺家协会会员，鹰潭市民间文艺家协会顾问、原副主
席兼秘书长，鹰潭市作家协会会员，信江韵诗社员。曾在全国各报纸杂志发
表文章二百余万字。出版个人专著多部。作品多次获国际、全国大奖、市政
府奖励。

乌　柏

在老家我们都叫它木子树

每个秋天过后

树上会结出圆籽，白色，饱满

少年时期，我都会

游荡于马路边，在一棵棵

木子树下张望，然后爬上去

采摘那些露在风里的白籽

落日在山冈之上

狗尾巴草长出松软茸毛

我踩着枝丫看了看远方

父母的房顶炊烟还没升起

麻雀在屋后那片林中

时而聚集，时而飞入淡蓝的天空

当我下来重新打量这棵乌柏

那满树的红叶，为何

在步步紧逼的寒风里还那么安静

2022 年 10 月

杨学全，1965 年出生。江西崇仁县第一中学供职。

Y

你是青春的五月

你是属于青春的

五月，你是阳光下碧绿的枝丫

你世上最清澈的容颜

岁月，凝成你的美

用热血，肩动历史的车轮

而弦歌，而热烈的

信念，你是茫茫人海的灯塔

你是旅人甘洌的清泉

青春里，镌刻你的芳华

用敏锐，负起历史的重任

而奋斗，而执着

你是世纪的宠儿

母亲心头的温袄

纵使沧桑巨变

回首

你仍是青葱少年

杨玉珍，女，1989年出生。九江市作家协会会员。若干诗歌散文作品见于《九江日报》《共青城报》及相关公众号。

听能忍僧说禅

庆云院门槛不高，院子不大
客厅简朴，摆设几张沙发
刚入门的人参差环坐
刚泡的茶错落对应
不分高下
雨声淅淅沥沥
力道恰好，溅起零星水花
山风隔雨飘来，细小而清晰
闻见草木根芽

能忍坐在门边
灰布僧衣恰好融合蒙蒙远天
若有若无，似动未动
他的外乡口音大半听不懂
如雨如风，如飘漾的檀香
四围山影不知远近
叠叠绵绵

雨水在天地间流淌
薄雾浮动，挽起瀑布

清亮亮地越过屋檐

2022 年 5 月 1 日

叶传光，1965 年出生，原籍柴桑区。20 世纪 80 年代开始诗歌创作，断断续续，迄今未停。现居江西庐山市。

沙 河 村

一只燕窝，孤零零地
悬挂在屋檐下
青砖黑瓦已老
一年一度，起于抚河的风
吹绿了山冈，也带走了落花

宋朝的月亮，依然皎洁如初
一阕宋词，正唱到婉约处
只是，执笔的人
已在天涯

在沙河村，姑娘是一首词，孩子是一首词
那古井里荡漾的水波
也是一首词

Y

在报德寺

我相信传说总是有缘由的

我相信万物皆有佛性

在报德寺

我再一次坚定了一个信念

佛法空明，照得见

每一个人的善心

闭上眼，闭上嘴

红尘在身外

经声只唱给石头听

原载《九江日报·长江周刊》2022 年 4 月 24 日

殷红，原名肖声福，江西上犹人。先后在国内各大诗刊发表作品，出版有诗集《流动的日子》《面南的家》《太阳照在所有事物上》等。获 1988 年诗歌报"首届探索诗——爱情诗大赛"特等奖及两届"江西省谷雨文学奖"等奖项。

老 照 片

忽然涌出一股悲伤
沙漠奔涌的洪水正泛滥成河

愈走愈远的青春
如大漠落日般孤独

野风吹动着荒原
我们像沙子一样的命运

万物终将沉睡呵——
此刻，醒着的灵魂

在老照片上发着
慈祥的光

水 路

前四十年

Y

一直在水上荡漾

青春的花瓣

散落在整个河面上

看不到了，更拾不起来了

往后的日子

更当以水路为生

心如静水，顺流而下

在水的尽头，一定有片海

能纳下

这满世的漂泊

2022 年 1 月至 2022 年 9 月

尹宏灯，1981 年出生，江西宜丰人。江西省作家协会会员，中诗网第四届签约作家，汽车经理人。1997 年开始诗歌创作，已在百余种刊物发表作品，著有诗集《奔跑》《而立书》。2010 年获江西省首届南风诗歌奖、入围 2016 年华文青年诗人奖、获中诗网 2017 年度优秀诗人奖。

白沙湖印象

一泓深邃而清澈的眼睛
温柔变化着神秘的光泽
惊艳帕米尔高原的秋天
打动蜂拥而至的绝句颂词
让无数的纠结
在时间里漫溯

一块晶莹剔透的蓝宝石
至纯至美的质地
惊扰无数夜空下的无眠
文字不知疲惫
天光云影中曼妙轻舞
组合变幻人间陶醉的诗文

别错过一次
遗憾终身的艳遇
或许是一见钟情的震撼
诗意旅途中的回响
万籁俱寂下的忧伤
一道独特迷幻般的人生风景线

Y

安义古村印象

以智慧、勤劳

衡量自己的命运

西山梅岭山麓的这片土地上

每一栋青砖瓦房

不仅仅是安居乐业的标识

也是家族的无上荣耀

行走江湖的资本

组成罗田　水南　京台……

一个个美丽而有梦的村落

绣花楼依旧魅力无穷

散发出岁月的幽香

士大夫第的空间

足够容纳所有的想象

古樟木香四溢

所有的誓言

都能俘获天上的星星

同时，足以摘取一轮明月

畅饮夜色酿造的美酒

释放出来的每一句话

落在麻石板上

都会叮当作响

古村人，其实都是古戏台上的角儿

始终站在精神文化的高度

传承朴素而醇厚的千年家风

当油菜花怒放的时候

不需要文字的修饰

处处诗意盎然

而在宁静而悠远的秋天

菊花娇媚的花语

将浸润你斑驳的乡愁

2022 年 10 月

游华，江西省作家协会会员，江西民俗摄影家协会主席，《诗江西》主编。诗作入选国内多部有影响力的诗歌选本。现居南昌。

Y

渔歌所起的山峡间

云层散了，星星是蚌壳所磨的钉扣

他将扣子解开"哗……"

山川雾裳从山肩落于山腰

那么薄，那么透，那件雾裳

为雨丝所缝过，翠碧碧凉夏时

野鸭子凫水，鹭鸶走在湖渚

"山前那个落雨哟，衣裳那个湿哟……"

"山后那个泊船哟，衣裳那个薄哟……"

年轻的渔夫，上身赤膊弄桨

他唱，唱着汗涔涔雾蒙蒙

山峡间，晚来总有骤雨

那夜她解开扣子，衣裳落在船头

云水茫茫，两人渔歌的唱词，相互交织着

原载《诗刊》2022 年 9 月下半月刊双子星座栏目

白兰花小姑娘

云未散，雨先霁，高大乔木下
窄巷子阔瓦房，春夜是白瓷碗中
她所酿甜米酒的绸缪

月色摊成手帕，小镇子皆睡了
而她还在摇剪那花叶——

"白兰花，竹兜篮，阿爸睡酣了……"
"白兰花，油纸伞，阿妈睡香了……"

小姑娘唱起谣歌，吴侬软语
软软糯糯的，邻家染坊的少东家
搬扛木板，一边闭店门，一边听她唱

少年一身蓝染长衫，隔墙听呀听
少女一身花香裙裳，隔墙唱呀唱

白兰花落入左院子，又落入右院子
枚枚皎瑕馥郁，那夜，还伴着星河的淌声

2022 年 4 月 2 日

鱼小玄，原名赖韵扬，1989 年出生，江西赣州人。诗歌、散文、小说见于《人民文学》《诗刊》等各类刊物，入选多种文学选本。曾获第四届北京大学未名诗歌奖、第十届中国红高粱诗歌奖等文学奖项。现居广州。

Z

棉 花

这几年，我经常梦见故乡的棉田

那里每一朵花都洁白无瑕

每一片云都温暖如春

说起棉花一样的女人

我就想起柔软的母亲

她弓身采摘棉花时候

如同采摘洁白的心事

那个上午，积劳成疾的母亲

晕倒在茂盛的棉田

没有人看到她晕倒的过程

她迷糊地捧起崭新的衣裙

捻紧柔软的棉纱

织就光滑的布料

密密层层地覆盖过来

为我这个远方的儿子

编织幸福的婚床

2022 年 3 月

詹文格，江西修水人。中国作家协会会员。作品国内各大报纸杂志发表，出版长篇纪实、小说集、散文集九部。曾获"恒光杯"全国公安文学奖，第二十四届孙犁散文奖，广东省第四届九江龙散文奖、广东省第三届有为文学奖"有为杯"报告文学奖，江西省第六届谷雨文学奖等。

双排气管

我知道　这是
对一种力量的偶数的称呼
有时也与速度挂钩

一阵失去赛道的轰鸣
从机器的胸腔发出　远比这颗星球
动物的怒吼恶心

你们不停地为狂野加持能量
为欲望的掘进下赌注　遗憾的是
你们没有停下来的迹象

原载《阳光导报》2022 年 2 月 17 日

张春华，笔名幽浮时代，江西人。部分作品选入国内有影响的诗歌选本，
2016 年出版个人诗集《体温》，应邀参加 2016 年马来西亚第七届国际诗歌。
获 2019 年第四届中国长诗成就奖。现居上海。

奖 状

以资鼓励的话
从小攒积了不少
年久后　发酵为成长的底肥

2022 年 1 月 15 日

空 椅 子

只有风偶尔来坐
父亲走后
我常用目光擦拭思念

2022 年 8 月 6 日

张火炎，笔名火火，1963 年出生，江西万年人。中国诗歌学会会员，江西省作家协会会员，第五届中国青年诗人奖组委会副主任。主编《信江微诗微韵》。

阳光是我享用的第二件事物

阳光是我享用的第二件事物。今天
小米和糯米覆盖了我的胃，使我得以享用肥嫩的云彩以及大片的明媚
一块鹅肉袭击了春天，袭击了
我的鼻翼，我已想不起
它是如何被我咬碎，想必是贪图肉的鲜美
哦，这是生命的暗疾在作祟，
也许我只配拥有平常的事物
而春天的衍生物，有些只能让我
望而生畏

Z

一根中年的玉米

必须站在坚实的大地，任下一场夏日的暴雨
把酣畅的降落放进目之所及的溪水
邻居们长成了高个子的丝瓜、苦瓜和豆角
我猛然发现了一个女人的风烛残年，干瘪的
身子，黑瘦的脸庞和手臂
但是她的碎花衣衫在玉米旁充满了母性，仿佛是玉米的母亲

她掰下一根，递给我

我接过新鲜的玉米，就像接过一位母亲的

胎心

它的须那么密，莫非是娘胎出来的脐带

它的胎衣裹得厚厚的

我知道，那是一根分娩的玉米

留给它孕育的孩子的最后一件礼品

2022 年 7 月

张萌，女，1968 年 8 月出生，江西九江人。中国作家协会会员，南昌市诗歌学会副会长。诗歌发表于国内各大刊物，入选多种诗歌选本。获十六届叶红女性诗奖首奖等多种奖项。

张 恨 水

没有三湖

或许就没有恨水吧

三湖的女子

是行走的河堤

是少年懵懂的心

无爱　应该不会生恨

恨是手中的那支笔

会滋生蝴蝶　鸳鸯

恨是夜里的黑　是萤火虫　是柴垛

恨是水　是生命

滋养万物

Z

大 雪

大雪　没有雪

只有通体明净的阳光

默不作声地陪着我

窗台开得正艳的

不是红梅　而是我从厦门

折回的三角梅　它复活

在这大雪无雪的天

江南的冬　香气不灭的冬

谁敢断定　我在哪一缕香里

或许都不是　我在假借大雪之名

雪藏一场青春

我的证人

是刚从树上掉下的那片黄叶

慌乱中　撞见的一个行人

行色匆匆　是你的证词

阳光下　没有雪

而你

渐行　渐远　渐无书

2022 年 12 月

张瑛，出生于湖南浏阳。国家一级美术师，江西省作家协会会员，江西省美术家协会会员，江西省地域文化研究会副会长，《诗江西》编委、编辑部主任，江西电视台非物质文化遗产纪实片《赣风栏目》编导。出版诗集《古琴之恋》《留白》。现居南昌。

小城之秋

碧空如洗，一行雁阵掠过

南迁的思绪，在云朵里弥漫

看似那么轻描淡写

却深深牵动冷空气脆弱的神经

偶尔滴落的几粒鸟鸣

在人间烟火的喧哗中回荡

街道上的行人车辆，红绿灯前

停停走走，虔诚地遵循一种规则

有时雨会来造访，淋湿空气

洗尽尘埃，却总也洗不净小城的浮华

微风吹动一棵棵树木

叶片打着色彩斑斓的哑语

无奈地诉说即将坠落的疼楚

阳光穿透小城的每一个角落

我只想和你，走进一片树林

走进小城之秋，踩响落叶的叹息

寻觅初春时曾经许下的诺言

是否，还在秋风中回响

2022 年 10 月 13 日

Z

赵德稳，1965 年出生，江西省万年县人。媒体记者，上饶市作家协会会员，万年县诗词学会会长。有诗歌作品散见省市级报纸杂志，入选多个诗歌选本。

落日研究

落日，从不因时光短暂
变得灰头土脸，总是金光灿烂
挥洒着最后一抹余晖

如果我们都能像落日一样
向死而生，从容面对归途
并以万丈豪情
渲染天空、映照山河
也就不枉费我们的余生

我的父亲就是这样一个逐梦人
他沿着心路轨迹
在落日时分，依然描绘色彩
直至，倾尽一腔热血

原载《营口日报》2022 年 6 月

郑兴云，1964 年出生。中国诗歌学会会员，江西省作家协会会员。作品发表于国内各大诗刊。

残　墨

白昼。黑夜
不断穿行于尘海，试图
用生命寻找属于他的紫色贝壳

细心排列。涂鸦
所呈现的表层像季节
颇具争议
任南腔、北调的鸟鸣交织嘈杂

青春的火焰如同夕阳即将沉入时间的反面
而未燃烧殆尽的墨水仰望星辰

也许
隐喻的深层
需等一场洁白的大雪来公正

呼吸，因失去水分而泛白

原载中国作家网 2022 年 8 月 25 日

郑由勇，1979 年出生。九江市作家协会会员，九江市诗词联学会常务理事。有几百首诗歌、诗词散见在国内期刊、报纸杂志和网络平台，偶有诗歌收录于海内外华语诗人名家典藏等年度文本，偶有诗歌被译成英、日、韩等语言，偶有获奖。

关于劳动的忧思

如果田野里没有了劳动
节气里就只能长满荒草
农村的天空将塌陷

如果工厂里没有了劳动
流水线上只会出产灰尘

如果工地上没有了劳动
很多宏图将烂尾

如果劳动只是金融游戏
所谓的繁华，终究是一场虚拟

如果年轻的活力长久被官腔压抑
所谓的创新，只能是继续抄袭

如果劳动者一生只能沉默
劳动的号子挺不直脊梁
理想的大厦终将倾颓

原载《陕西文学》2022 年第 4 期

钟新强，1972 年出生，江西武宁人。江西省作家协会会员。在多家文学
期刊发表诗作，著有诗集《低处的芦苇》。

脚盆鼓响天动地

天色微暗，在幕阜山鸭子不懂哭泣

大摇大摆走路横看天空

羊群热爱翘首，溪水居高临下

仿佛要展示山岳的气势

山里人性格硬朗，说话不爱拐弯

有事无事敲鼓应对，山角地头咚咚作响

大事小事击鼓作答，声震远近独领神韵

你瞧鼓声覆盖了忧伤的虫吟

亲人故去，鼓乐齐鸣送行不舍

新人进门，鼓乐相迎欢乐开怀

其中奥秘老人说得神乎其神

铿锵鼓声里山岳起舞万马奔腾

幕阜山家家悬鼓示富，尊崇有加

我看到一个走失亲人的胖婶不显悲伤

对着月光覆盖的山路敲鼓呓语

天地震荡山呼海啸，声息灵异

碰到熟人一言不发，手臂呈敲鼓姿势

溪水顺着山势淌出阵阵鼓声

又见乡间正屋

墙上没什么讲究，偶贴年画
多数农户不做粉刷不吊宝顶
砖路纵横交错演绎一些八卦
任红砖原色拓展小孩想象空间
乡间正屋都比城里宽阔高大
一张木床四平八稳提示怠慢不得
这是主人寝室，故事核心所在
有的偶施粉黛墙纸贴面喜字当头
打扮迎接新主人啊好多陈设换样
锣鼓咚锵揭开新一轮家族循环
生儿育女永远是重头戏，不得罢演
有些家事父子情节雷同，主人相异
霹雳手段只在婆媳间出神入化
斗得再激烈也得喊娘，寸草报春
吵得再凶狠也要带好孙，枝繁叶茂
正屋事儿大小都是家事，出门不露风声
争得再天昏地暗爸是爸儿是儿
事到临头还是咱爷儿说了算
乡间正屋呀热闹着自己的热闹

2022 年 2 月

周承强，20 世纪 70 年代出生于湖北赤壁，祖籍江西南昌。中国作家协

Z

会会员，中国报告文学学会青创委委员，中国诗歌学会会员，中国小说学会会员，鲁迅文学院第二十届中青年作家高研班和广东省作协首届小说高研班学员。1988年1月开始发表作品，已出版诗集13部、长篇小说1部。部分作品入选中国年度最佳诗歌等三十多种选本，曾获第十二届全军文艺奖、解放军文艺年度优秀文学作品奖、第三届全军网络文学大赛一等奖、全军抗震救灾优秀文艺作品奖、广州军区首届战士文艺奖，并被评为"中国首届十佳军旅诗人"。2003年设立史上第一个民间军旅诗歌奖——剑麻诗歌奖

光斑里的蝴蝶

一只蝴蝶落在身上

它有明亮的翅膀，也有明亮的飞翔

如果在一片草叶上，风一吹

蝴蝶就会消失

或者隐形

现在风赶不走它，哪怕

草木摇晃得再厉害，蝴蝶

也淡定地与我共处，我的慵懒

已经被这只蝴蝶窃取

我没有婉拒，或者驱赶

在温暖的午后，我化身为秋天的静物

供蝴蝶采暖与依靠

似乎在它的眼里

我的身体才是秋天最值得信赖的部分

2022 年 11 月 8 日

周启平，江西进贤人。江西省作家协会会员，进贤县作家协会副主席，《军山湖》诗刊编辑部主任。在国内报纸杂志发表诗歌、散文及小说作品八百余首（篇）。

祖父讲古

断断续续，祖父的叙事
沙哑着从民间介入历史
在这个命名为讲古的场景中
祖父借助炭盆滋生的火光
极力铺张他残缺的记忆

祖父习惯于把自己的从前移出从前
在现实的烈日下暴晒
为不至于发生霉变，祖父
寸步不离地守护，扩张显然乏力
祖父的故事终究日渐单薄

有一天祖父咽下一口土谷烧
心满意足进入他的忘我境界
而随着那酒气逼人的吞吐吸纳
那试图站立起来的英雄
艰难走向丰满
有人欠身，拍拍衣袖上的尘土
顷刻间将他稀释得接近虚无

腊月降临时候，草木茫然

祖父照例清清嗓子，大山深处

又一颗浑浊的泪

将与铿锵战鼓融为一体……

2022 年 4 月

　　周日亮，1977 年出生，江西石城人。江西省作家协会会员，鹰潭市作家协会理事。偶有文学作品在报纸杂志发表，小诗曾入选江西省作家协会编《新世纪江西文学精品选（2000—2019）诗歌卷》。

Z

在我很小的时候

在我很小的时候

母亲头上，扎着一条花手帕

穿着一身白色的确良上衣

周身散发着，忍冬花一样的幽香

现在，我做了母亲

已超过了，她当年散发忍冬花香的年纪

门前的那棵李树，正在坐果

母亲刚洗过头，平静，安闲

她把散发撩至耳后的动作

有一种少女的妩媚

整个下午，母亲用指甲

抠着手臂上的老年斑

拉长的影子，和若有似无的交谈

使我长久保持温暖

原载《诗潮》2022 年第 10 期

盲目的一生

桉树因速生，而挣脱一身皮囊

哗啦啦的死皮，一直褪到足踝
现在它们在寒风中，努力抻着脑袋
触及星空和鸟群
单脚独立在苍茫的旷野，形成一片
足以令旷野羞愧的绿洲
它们洁白的长腿，裸露着——
正如一群发育不良的少女
风情兼有羞涩。一夜之间
桉树的气味从它们的骨节漫散
浅橄榄绿的长发，如一个叹息
它们盲目的枝丫，瞬间完成了一生

原载《江南诗》2022年第5期

生命的时辰

Z

我欣喜。又度过了平凡而碌碌无为的一年
被生活打磨，被现实驯服
一场痛哭后，学会坦然面对失去
世界让人无以言表，生命装盛的不过
是时间的浮华，属于我们的所剩不多
"以后，时间用在刀刃上"，成为新年信条
可以磨刀霍霍，杀气腾腾
毫无保留地爱心爱的人，做喜欢的事
克服偏见，保持人性的纯真

肉眼看不到的美，要用心灵去感受
生命中的每一个时辰
都是，余烬追逐焰火的时辰

原载《山花》2022 年第 9 期

周簌，原名周娟娟，1984 年出生，江西崇仁人。中国作家协会会员。有
诗作见于国内各大诗刊，入选多个重要年度选本。著有诗集《在我的故乡酩
酊大醉》《攀爬的光》。获第八届中国红高粱诗歌奖、第十八届华文青年诗
人奖、2020 江西年度诗人奖、第六届谷雨文学奖等。现居江西赣州。

致敬红旗漫卷的中国

我们可爱的中国，她也曾伤痕累累，历经千辛万苦

封建主义腐朽，帝国主义践踏，官僚主义压榨

但华夏儿女硬是扛起了中国的脊梁

他们上下求索，他们舍身求法，他们在黑暗中前行

为中华民族崛起点亮了一盏航灯

南湖的红船载着一颗红色的初心驶出

南昌的枪声打响了武装革命的第一枪

鲜艳的红旗在祖国的大地伸展

那充满信仰的红啊，踏过漫漫征途

像渡口的如血残阳，像雪山的熊熊烈火

像草地的弥天硝烟，像延安的旌旗猎猎

那是身葬他乡的慷慨，那是热血喷涌的豪迈

镰刀与铁锤交汇的理想，经天纬地

五星与金穗编织的祝愿，万众一心

鲜红的旗帜漫卷在世界的东方

我们在漫卷的红旗里致敬中国

2022 年 10 月

朱惠兰，毕业于南昌航空大学电子商务专业，现为一名中学教师。

患阿尔茨海默病的母亲

她喊我姐姐

这个已被生活榨干了水分的女人

此刻眼神干净的，就像个纯真的孩童

我给她面包、牛奶、香蕉，看着她吃

她欢喜的样子

像个得到了满足的孩子

就好像小时候

我们追在她后面喊妈妈

她撂下担子和锄头

转身给我们铲一块锅巴，或者

给我们各捏一个饭团

现在，她已经忘记了这一切

这个胆小如鼠

善良了一辈子的女人

这次好像，执意要为自己翻牌了

追着我们喊哥哥、姐姐或嫂子

有时甚至喊爸爸妈妈

她看起来很幸福

她已经回到了童年

原载《星火》2022年第6期

朱仁凤,笔名淡水。江西省作家协会会员,南昌市作家协会常务理事,《八一诗选》执行主编。作品散见《诗刊》《星星》《诗选刊》《诗潮》等报纸杂志两百余家,著有长篇小说。

写在六月毕业季

我们在金色的九月相遇

芬芳的六月告别

匆匆六年

有过风有过雨有过惊也有过喜

都将成为甜蜜的回忆

你可记得第一次走进教室的好奇

第一次课堂做小动作的顽皮

第一次举手回答不上的着急

同学第一次向你借一块橡皮从此开始了深厚的友谊

第一次遇见老师目光的严厉

第一次因同学的误解而生气

如今

经过无数次的经历,

我们撒下了一路深深浅浅的足迹

在文字的世界演绎

在思维的空间碰击

在草原上奔驰

在匆匆中惜时

在高山流水里觅知己

在少年中国说中汲取成长的动力

开辟出一片全新的天地

陪你们走过的旅程有过风有过雨有过惊也有过喜

都将成为甜蜜的回忆

同学们

新的使命已责任在肩

新的征程即将开启

携着好奇

揣着乐观

伴着激情和自律

一路欢歌

去寻找全新的你

去创造属于自己的奇迹

2022 年 6 月

朱旺根，江西临川人。江西省作家协会会员。作品散见于国内多家报纸杂志。

Z

骑马的少女

穿过北美亚寒带辽阔的针叶林
从底格里斯到幼发拉底河流域
奔驰而来的草原骏马
放慢了脚步，优雅而诗意

骑马的少女抖动着手里的缰绳
森林覆盖的湖面碧波荡漾
如你清澈的双眸，雨后
天空中划过一道彩虹

在风中飞扬着你扎成马尾的长发
以及微微上翘的芳唇，还有那顶
帽子。都在此刻成为
这个初秋的一道风景

2022 年 10 月 11 日

流水：致 MY

那天的暗弥漫开来

一袭白色长裙刷亮了整个下午
咖啡的微苦如一阵清风

丰盛的湖瘦下来
水在清澈之中沉静，长睫毛
印在其中的记忆犹如水草丰美
犹如纤纤的手

在断桥上，轻蹄踏雪无痕
袅娜的背影与水街相映
如果没有那一声鸟鸣，如果没有
相拥。仿佛一切都在梦中

我知道沉浸也许是它全部的意义
哪怕流水终将把它带走

原载《诗刊》2022 年 11 月上半月刊

朱文平，江西鄱阳人。中国诗歌学会会员，海南省作家协会会员，海南省青年作协旅游分会主席，江西省鄱阳县作家协会主席、名誉主席。出版诗集《冷月无声》、小说散文集《春秋画帙》、评论集《文化游子的乡愁——朱文平文学研究专辑》。2001 年被评为海南省首届十佳青年诗人。现居海南三亚。

Z

月　色

明净仿佛空空如也，
眼中到处是一片皎洁。
内心似一染无尘，
任月色裁做成新衣。

咏　竹

腹中总似空无一物，
看总是很轻的竹身。
一节节好拔地而起，
撑起一片不屈的心。

大雨打在我窗

那么多的脚步疾行，
大雨打在我窗。

街上已没有了行人，
仿佛空了出来。
天边一块云团，
仿佛陆地。
我蓬松的羽毛，
竖在灰暗的天下。

2022 年 12 月

左清，1982 年出生，江西永新人。中国诗歌学会会员，新江西诗派成员，武汉大学珞珈诗派成员。诗作入选江西省国庆 70 周年展"建国 70 年——江西诗歌 70 家"，入选武汉大学校友总会纪念册。入围第四届、第五届中国青年诗人奖，获 2019 年度"中国十佳华语诗人"提名，获首届全国杨万里诗歌奖优秀奖。出版诗集《左清诗集》。

人 间

吹拉弹唱，吆喝，放荡
卷起着滚滚浪花
爱恨情仇就在浪花中翻腾
看不完的悲欢离合
赏不完无阻美景

自由、理想、桎梏碰撞着
在想象的经纬天地间沉浮
雄心在争霸中凸显
编辑出累累传奇
千年光阴制就了厚重历史
正承载着飞船游历中

流光闪动诉说着世人期待
于是
豪情在奔放，牵挂着世外情动
滚滚向前的浪头大胆地砸向天际
撞开那紧固，封存库门

被敲醒了的北斗
钻进了人们的心

吐出了葱郁

2022 年 5 月

曾丽晔，笔名叶子，女，江西南昌人。江西省作家协会会员，江西省诗词学会会员。有小说、诗词、游记、散文、随笔等作品发表于多家省级报纸杂志及网络平台。

Z

乡愁的月亮

漂泊他乡，思念如月在心中行走
盈盈的圆，纤纤地瘦
来不及写出

用梦，放牧天空
喂养乡愁，长胖时咬一口
溢出满嘴草香

今夜，心不属于我
遥望来时路
月色如水，又一次漫上归途

写给桃花的情信

抚摸桃花，我不敢用力
怕一不小心
春风从花上掉下

你的笑容，曾装满我的行囊
每逢路过春天
我就要喊着你的名字走天涯

2022 年 3 月

　　曾令阳，曾用名曾令场，笔名扬帆、在路上，江西寻乌人。中国诗歌学会会员，江西省作家协会会员。作品散见于《诗选刊》《诗歌月刊》《安徽文学》等。有作品入选多种选本及中小学课外读本。现居广东佛山。

Z

樟 树

今天
我要给大美樟树做做减法
减一减
看樟树，是不是健美

江南盐城
减掉盐
减掉洁白无瑕的爱
生活少一片海洋，还有什么味道

中国药都
减掉药，减掉草木的芬芳
天下生命，少一味药
何以健康

赫赫酒乡
减掉酒，减掉清香纯醇的歌唱
没有液体的火焰
激情岁月，靠什么去点燃

减掉盐药酒，樟树还是都吗

三味之外，如果再

减掉保险柜

日子少了金的质地

谁的人生，有锵金鸣玉的韵律

我看见

四驾马车

拉着一座城市

在中国特色大道上，一日千里

2022 年 2 月 19 日

知 音

一个上午

我深情地望着白云

白云却不理我

且在风的唆使下

我们渐行渐远

人间知音难觅

我总在仰望

想想

还是星星忠实可靠

永远不离不弃

2022 年 9 月 11 日

路 灯

一盏盏路灯
把一个人的晚归
写得转转折折
夜，温暖的眸子
最温柔的默契
把你送至，她目光的尽头

多少冽冽的寒风
多少无情的雨雪
灯，摁进她的沉默里
没有一丝怨言

在一盏盏路灯下
多远的家
都近在咫尺

2022 年 10 月 22 日

曾若水，1969 年出生。中国作家协会会员，一级作家，宜春市作家协会副主席，《宜春文艺》执行主编。在《人民日报》《诗刊》等发表诗作一千余首，作品被《诗选刊》《教师博览》等数十种刊物选载。已出版诗集《时光的禅意》《一抹微云》等六部。多次获全国诗歌比赛奖。

旧 物

哭声渐渐暗了下来
他试图搬动的旧物里
还含着母亲最后一口呼吸

她曾经坐在棕红的旧沙发上
为他织一件浅色的毛衣
一台老笨的旧电视
在她寡居多年的岁月里
留下低音部的交响

他的手卡在一只旧药瓶里
这褐色的容器，曾经包裹了
一个关于止痛的谎言
他赶不走她的疼
只能看着她一日日变薄
一天天变旧

他挥了挥手
让一个收废品的人失望离去
现在，他陷在一堆旧物中
像陷入怎么也吐不掉的旧时光

夜色来得太快

空下来的屋子轻易就被凉风灌满

他只有裹紧母亲留下的旧毛衣

只有这样，才能再一次

被母亲的双臂环绕

原载《草地》2022 年第 2 期

白色的音符

不必等到深冬

白色的音符就开始了缓慢攀爬

我常常在深夜安静谛听

时间流走的声音

我曾在一个树洞里藏过许多秘密

如今它们变成黑暗的一部分

一棵树的倒下，一万枚叶子的落空

比我想象的还要快

还要不留情面

我常常看见父亲弯下腰来

头顶上落了一坡的雪

他总是小心地避开利器

以免最后一丛雪也被岁月铲除

我常常被女儿按住脑袋
从密密的黑发间抽走一根银丝
她喜欢在阳光下将它抖动
像弹奏一段白色的音符

原载《草地》2022 年第 2 期

朝颜，女，原名钟秀华，江西瑞金人。中国作家协会会员，鲁迅文学院第 29 届高研班学员。在国内各大报纸杂志发表作品百万余字，入选《中国新诗排行榜》等年度选本。获骏马奖、民族文学年度奖、叶红女性诗歌奖首奖等奖项。出版作品集数部。

Z

戴着春天回家

被爬格子的冥思苦想绑架
被柴米油盐酱醋茶的日常生活裹胁
被接二连三邀请看房看车看世界的电话骚扰
宅在家里的我
不知春意早已唤醒沉睡的风铃

儿子哭闹着
要出去游荡
就好比蜜蜂想融入花丛
雨滴想汇入河流
白云想在天空冲浪

出来总得有所收获
不然对不住那些绑架、裹胁和骚扰
我于是摘了几束柳树的发丝
又采来一些野蔷薇、勿忘我的笑靥
做成三顶花环
我、妻子和儿子
一人一顶
戴着被市侩烘干的心灵芳香
戴着被应酬碾压的生命歌唱

就这样

欣欣然

戴着差点被遗忘的春天回家

2022 年 3 月

曾绯龙，20 世纪 70 年代年出生。中国作家协会会员，吉安市委政研室副主任。在《人民日报》《散文选刊》《文艺报》《光明日报》《草地》《羊城晚报》《阅读》《江西日报》《星火》《创作评谭》《凉山文学》《西藏文学》《中国艺术报》《长沙晚报》《雨花》《辽河》《青海湖》等报纸杂志发表过文学作品。出版《庐陵映象》《千年鸟道》《庐陵文化》等著作。

Z

为十三行汉诗诞生十周年而作

十周年

不容易

十三行汉诗

风雨兼程

去沧海校区

去吐雾奔云

大湾区在呼唤

勒杜鹃红半天

来了就是深圳人

来了你我同路行

弹古筝

松竹影

新诗陡添生力军

紫藤山，原名黄永健，1963年出生，安徽肥东人，祖籍江西吉安。艺术学博士，深圳大学教授（三级），博士生导师，中国作家协会会员，中国艺术学理论学会理事，中国艺术学科研究生教育联盟副主席，深圳大学汉诗艺术创新研究中心主任，当代松竹体十三行汉诗创始人。在核心期刊发表论文近百篇。出版艺术学、诗学论著多部。

2022 年度新江西诗派创作概述

谢雨新

关心当代诗歌现场的人们大多了解，从 2002 年开始，在江西籍知名评论家谭五昌先生主编的《新江西诗派》和主要发表具有江西地域特色诗歌作品的文学刊物周围，团结了一批潜心创作、在诗艺上不断探索精进的江西诗人，逐渐巩固并丰富了"新江西诗派"这一写作概念。从文学创作地域意识的勃发而言，这一诗歌写作群体的命名和确立，呈现着江西诗人的群体意识；从文学观念史的角度而言，"新江西诗派"这个诗歌流派概念已然走过了二十年的经典化历程，形塑着江西这一地域的诗歌活力。在这一过程中，我们需要承认，"新江西诗派"的形成依靠的是长久以来江西诗人的创作事实，而这一概念的丰富和发展，更有赖于江西诗人的不断探索及评论家们的持续关注。

如今，谭五昌教授主编的《新江西诗派诗歌年鉴·2022 年卷》出版在即，这一选本辑录了 2022 年度"新江西诗派"诗歌创作群体的代表性作品，全景式地呈现了二百余位江西诗人的新近创作状貌，以这一选本为入口，观察"新江西诗派"自概念生成至今的变化发展，可以兼得流派集体风貌与诗人个体特色。下面从主旋律写作、先锋写作、地方性写作、审美性写作、口语写作、女性写作等六个方面，对 2022 年度"新江西诗派"的写作向度与艺术特色加以概述。

一、时代见证与责任担当——主旋律写作的重要价值

诗歌从创生之日起，便和时代息息相关——正所谓"铁肩担道义，妙手著文章"，以人文情怀融入生活、关照现实，始终是诗歌创作者的责任。由此而言，中国新诗发展的百年历程，折射着一位位诗人借由真实经验，与现实世界相互关联的个体成长历程，更呈现着创作者不断从时代中获取新鲜经验的文学生产过程。

主旋律写作，顾名思义，始终和创作内容及主题息息相关。在诗歌写作的层面上，主旋律写作也往往能够把握时代脉搏，和时代同频共振。诗人刘立云始终以军旅题材见长，他的近作《在仙女山遇见一匹马》可谓是一首精巧之作。诗歌首先描绘了一个情境，一次让人"无法准备"的偶遇，"一个属马的人／在山顶辽阔的草原上遇见一匹马"，在诗人眼中，那匹枣红马和无数匹云朵幻化出的马，仿若都在静静吃草。诗人还注意到了那匹马寂寞又忧伤的眼睛，对视片刻，"我的眼泪就在这个时候涌了出来"。诗人的眼泪，是穿越历史的悲悯的眼泪，在这座前辈曾经打过仗、自己寻找过坐骑的山上，诗人知道自己必须借助"这匹马的力量／走遍战场，去填平那些弹坑／让仍在等待的人心有／所属，不至于被泪水浸泡余生"，最终让这首诗歌最终走向了豁达和开放的境界。他的《老兵在夜色中返乡》，也可视为此种创作。漆宇勤的《倾听》写为耳机测音的工人："我怀疑他们听惯乡间蛙鸣与松涛的耳朵／此刻定在特写般发出微不可察的抖动"，诗人对城乡新变的观察细致入微。此外，主旋律创作常见的题材还包括社会精神（如蔡新华《他们》）、社会现象（大可《菜园咏叹调》）等，这些主题在2022年江西诗人的创作中均有所涉及。

在新时代之中，不少"新江西诗派"的创作者尝试从具体的生活经验中提炼真与美，在日趋成熟的思考和写作之中，将内向挖掘转化为外在担当，完成写作"内外兼修"的过程。例如，诗人梅黎明的《小花》从一朵花的生命历程出发，进而上升至对人世间的感慨。作者在首节

中写道："小花，开谢都属自然／又是谁把她收藏／在记忆中充满心灵的补偿"，以花与人的静观默照，表现花开谢之自然，人收藏之有情。诗作的末尾直抒胸臆，与借物言志的文学传统隐隐契合："其实最美的心愿／希望天下人都可以活好／即使看到花的凋谢／也不后悔断肠"，自然无常，更凸显出天下人努力生活的宝贵。同样值得关注的还有他的《民歌》，诗的首句即令人印象深刻："民歌是传唱的灵魂"，随后诗人写"那岩石缝隙流淌的清泉／形成了曲调的母本"，在诗人创设的自然和人文之境中，风和雨，溪和鱼，树与人，都共享着"民歌"（即诗歌中暗喻的文化传统）的声音。

　　在当下时代，随着对中华优秀传统文化创造性转化、创新性发展的普遍关注，更多具有前瞻性的诗人开始思考传统和现代之间的关系，其中有代表性的便是徐明的诗作《溇陂二月二》："过了正月／就该是抬头看天／出行躬耕的日子／二月二，龙抬头／溇陂以盛大礼仪／为子弟饯行"，诗歌的首节用寥寥几笔，以溇陂二月二为引子，勾勒出了中国人心中天、地、人的关系。随后，诗人极尽铺陈之能事，极写溇陂二月二的盛大场面，"古巷灯笼高挂／亲友悉数入席／彩擎彩车转起来／金色巨龙舞起来／古祠里盛装列队／擂响出征大鼓／一杯壮行酒／微醺中归于宁静／年底归来／延续古村的沸腾"，古代和现代仿佛再次交融，形成了独属于中国人的浪漫与狂欢。

　　我们不得不承认，主旋律写作是有很大难度的，这一创作从导向上来看，需要激发读者的情感共鸣和文化认同感，从写作实践上来看，需要创作者的创作自觉和技巧的逐渐成熟。但我们可以看到，"新江西诗派"的许多诗人都在尝试成为时代最直接的见证者、对话者，践行着诗歌写作的责任与担当。

二、超越与进步——先锋写作的多重面向

　　在各种文学体裁之中，诗歌是常为新的，诗歌写作中所体现的每

一种思想上、形式上的变革，都暗含着其先锋性。当然，先锋写作作为一种文学理念，主要强调表现形式上的创新和突破，以呈现新颖、独特的文学效果为目标，对于先锋写作而言，诗歌当然是最好的"试验田"。

部分先锋写作尝试向历史脉络中的"先锋艺术家"致意，从而形成全新的心理感受。如程维的《看八大山人山水画》，这是一首内在写作思路非常流畅，笔力老到的作品，作者以从八大山人山水作品中的先锋性出发（"残山剩水，先锋无期限"），对照自己人生经验中观山观水的凡俗状态（"有期限的是到山里旅游"），在外界的喧闹和奔忙之中，诗人最终寄情于八大山人的境界："只有画到纸上的山水才是静的 / 老僧坐禅，两耳听不见山水吵闹了 / 就成了八大山人，保持残山的坐姿 / 让一截剩水停在笔尖不走 / 扭一根弯线，掏耳朵，止痒痒"，从而让诗歌进入一种禅定的境界之中，诗意的先锋，写作的先锋，从而圆融地合二为一。吴光琛的《八大山人的鸟》也取画中之象："这是一枝枯枝、你睁着一只眼，瞳孔里 / 好像有一团烈火 / 另一只眼，像一扇沉重的 / 铁门，紧闭着 / 连我的思维都穿不过去"，随后诗人寻画中古意，进而上升到对灵魂的思考，颇为发人深思。

当然，更多致力于先锋写作的"新江西诗派"创作者尝试通过重构语言形式这一经典的方式，在诗歌的表现力方面深耕细作，不断探索诗歌写作的边界，从而让诗歌的主题和情感更加复杂深刻。大枪的《做一个厨师的理想》可以视作为一个极佳的尝试，原本日常生活中卑琐无趣的"买菜"二字，在诗人的笔下跃动着生活真实的、极具仪式感的光芒："要在早上六点到菜市场。看见鱼鳞闪耀 / 骨头光亮要虔诚，要对这些从前视而不见的事物 / 充满敬意，要读懂鸭血里饱满的阳光 / 和菜叶子上露珠的慑人之美"。而诗人也珍视这种宝贵的经验，"要让烟熏火燎成为一块生养诗歌的黑板 / 要在灶台蒸腾的热气里令一个诗人失踪 / 并让身旁的人感到他做一个厨师的幸福已经多年"。同样令人印象深刻的还有牧斯《喊见》的首句："仅有少量的坟 / 可以交谈。"这样的话语构成让习见的悼亡主题迅速陌生化,从而形成了延宕的阅读感受,让读者跟随诗人的文字,进入到诗歌所创设的情感和意境之中。杨北城的《一个人从黄昏回来》之中这样的诗句:"屋檐下挂着的马灯被黑暗拨亮了几许","哒哒的蹄声里,你还来不及老去",读来让人耳目一新。值得关注的还有青年诗人敖竹梅,她的《广寒颜色》是一次令人愉悦的语言实验,全诗主要写早春乡村的景致,但青年诗人对景物的描写有颇多妙笔,比如她这样写梨花的白:"梨树在碧色的层叠中招手,碎的晾晒如细雪:/那仅仅的,含混的,随时准备倒戈的颜色",干净利落、融情于景,她和作品的成长值得期待。此外,刘合军的《天空每天干着同一件事》、邓涛的《庐山记》、舒琼的《关于盐的一种考究》、涂国文的《富春山居图》等诗歌文本,也都各具先锋意识,值得肯定与赞赏。

一些诗歌文本的先锋特质也来自对当下社会的细腻观察。例如渭波的《草根》,其诗题即来自网络语言,但却完全不拘泥于"草根"一词被广泛认知的含义。诗人以自然中的春草起笔,随后写草所带来的现代感受:"草趴过的地方,是我们偶尔回忆的栖所/草挡了我们的指纹、脚印/将春天的消息塞进花蕾、茶杯、笔管/或者荧屏、无处不在的缝隙/滋扰我们的内心,"草根"在诗人眼中,被视为人们内心亮出的春天的片段,颇具新意。张春华的《双排气管》从日常生活中的常见物象入手,借此暗喻社会巨大机器被狂野和欲望支配的症候,讽刺辛辣。

可以看到,"新江西诗派"的先锋写作的尝试往往呈现出一种反叛和突围精神,源自人和万物本身的复杂和矛盾,基于此,诗歌的表现力和可能性也被极大增强和拓展。

三、对于乡土的文化与情感认同——地方性写作的精神向度

"新江西诗派"作为一个由地域划分的诗歌群体,天然共享江西

地域文化，所以他们的创作自然而然地带有特定地域特色，表现出特定的文化传统。"新江西诗派"的创作者往往寄情于江西自然景观、人文历史、社会生活，尤其擅长描绘他们生活、生长的土地，从而精准地传达诗人对故乡风土、文化原点和身份认同的思考和感悟。

乡情是地方性写作永远的母题，正如海德格尔评价荷尔德林时所言，"诗人的天职是还乡，还乡使故土成为亲近本源之处"。诗人天然带有最敏锐的眼睛，对自己最熟悉的故乡进行审视，甚至问询，从而对自己的来处和归处进行深沉的叩问。正如胡刚毅的诗题《我悄悄去了你家乡……》，对家乡的观察，就是对人类来时路的了解。《修锁匠》一首也颇得市井真味，诗人用几笔勾勒出在邻里间修锁已十年有余的马锁匠，从马锁匠打开一道道上锁的门开始，引申到一道道具有无限可能性的"人生之门"，以小见大，富有生活气息。杨罡的《给表哥》、周承强的《又见乡间正屋》，也都饱含着浓浓的乡情。

江西秀美的自然环境，丰富的民风民俗成了"新江西诗派"诗人创作的素材和灵感。比如洪老墨的一系列创作，主要基于他在南昌的生活经验。诗人写夏日去梅岭避暑，在山脚下最美乡村的所见所感形成的诗句，几乎"犹如村头健美的农妇"，富有张力，让人深感惊艳。（《夏至在石壁村》）他写莲花血鸭，就从莲花血鸭的历史、俗谚写起，落笔于女儿口中父亲做出的"家"的味道，从一道菜里面见文化、见亲情（《莲花血鸭》）。王彦山的《樟树记》则从南昌春日雨后的香樟树起笔，进入时光飞逝的感慨之中："姑娘们走过，一叶落下//砸中的／已不是过往那个"。此类创作的代表还有戴逢红《黄龙故事》、范剑鸣《看见的，隐藏的》、高发展《千眼桥，鄱阳湖湖底明代的古建筑》、李贤平《一枚橄榄果：献给南港》、全秋生《石砌路》、舒喆《南昌的黎明》、万建平《夜色里的赣江像一条缝》、王小林《景德镇：陶溪川》、游华的《安义古村印象》、曾若水《樟树》等诗作。

江西的绿水青山、历史民俗、风土人情，成了诗人笔下重要的创作资源，使"新江西诗派"的作品呈现出独特的文化视角和审美体验，从而传递了最为宝贵的文化认同感和乡土情感，使诗歌成了连接诗人和读者之间的情感纽带。

四、对于想象与情感的审美提炼——审美性写作的鲜明特质

一切真正的诗都是向美而生的，审美性写作在诗歌创作中的重要性自然无须多言，许多诗人往往也是从审美性写作开始了解诗歌、亲近诗歌的。诗歌本身的外在形式、语言意象、情感情境，都是美的表征，"新江西诗派"的许多诗人也秉承着醇雅的审美风格，在创造美、表现美、传达美的诗歌创作中不断探索。

许多"新江西诗派"的创作者用自己的笔墨记录风景和生活之美，让诗歌染上了一抹亮色。毛江凡的诗歌《每一片树叶都有恳切之心》首节写道，"这山间的秋，才像秋的样子／秋色在一棵树又一棵树上怒放／这些缤纷是可以传染、外溢、行走的／还可以从这个山头，点燃另一个山头"，诗句的跳跃和连结如记者镜头中的剪影一般流畅利落，从落叶出发，写如火一般明亮而迅猛的秋天，别具意趣。林莉的《野鸭》也写秋日，末尾写野鸭的相聚和暂别，"当一只野鸭离开了另一只／消失在茫茫水面／一层毛茸茸的／清冷波纹／撩拨着泥土松软的堤岸。"在她的眼中，秋天是宁静、温暖、毛茸茸的。不同诗人对生活的审美会带来迥异的情感体验，从而选择差别化的意象、语言，形成风格各异的诗歌图景，喻晓《扁担》、龙艳华《栀子开花的声音》、弭节《等风来了》、木然《秋歌》、左清《月色》等作品，都是此类创作的代表。

从更深层次来看，审美性写作最终指向的是人的想象和情感。朱光潜借司空图《诗品》中的一句话"超以象外，得其环中"指出："诗人于想象之外又必有情感"，"情感是综合的要素，许多本来不相关的意象如果在情感上能调协，便可形成完整的有机体"。可以说，诗歌审美的圆融，极大程度上体现为情感的圆融。艾略特在《传统与个人才能》中也写道："很少有人理解诗歌是有意义的感情的表现，这种感

情只活在诗里，而不存在于诗人的经历中。艺术的感情是非个人的。"由此而言，诗歌传递的精神和感情往往是人类共通的，包含着更为广泛的、具有普遍意义的价值。可以发现，"新江西诗派"的一些诗人也很好地把握了情感和想象的限度。例如，以爱情诗创作享誉诗坛的雁西非常擅长描写瞬时感受，他的《一时感触》《大雪》，都是此类创作的精品。《大雪》借雪之冷，写人情和希望之暖，诗人近乎预言地写道："你说吧，尽情地说那些不开心和 / 开心的 / 我想告诉你，这一切无关紧要 / 会过去的，一切将过去 / 一切里面当然包括了疫情 / 包括了所有人的爱情 / 所有人的时间，藏于山川之间 / 藏于你我再也看不见的地方"，呈现了诗人博大的爱情体验与鲜明的人文关怀。殷红的《在报德寺》，如此表现禅意和道德的交融："佛法空明，照得见 / 每一个人的善心"，打动人心。鱼小玄的笔下则多有纯美的乡间生活场景描写，"云未散，雨先霁，高大乔木下 / 窄巷子阔瓦房，春夜是白瓷碗中 / 她所酿甜米酒的绸缪"（《白兰花小姑娘》），读者在阅读诗歌的过程中，便可获得美的感悟。欧阳滋生《画外音》中对年华的沉思，朱文平《骑马的少女》中对优雅和诗意的追寻，都体现出此类创作的多元面向。

由此而言，"新江西诗派"的诗人们通过抒发真挚、深刻、至美的情感来表现人对自然、生命的感悟和体验，从而使诗歌形成强烈的感染力，这也可以视为"新江西诗派"在审美上的共同特质。

五、活力与韧性——口语写作的丰富表现

口语写作是当代新诗写作的一个重要面向，几乎已然形成了较为强势的创作姿态，极为丰富的创作序列。口语写作注重直接、自然、真实的表达，通过日常语言来呈现诗歌的主题和情感，在"新江西诗派"之中，这种写作观念蔚然成风，许多诗人的代表作品，都体现出口语写作的特质。

"新江西诗派"的口语写作尤其强调对日常生活的描绘和呈现，诗人们或娓娓道来，或鞭辟入里，将普通人的生活经历和情感体验凝练地表达出来，使诗歌更加贴近读者的亲身体验。比如毛鸿山的《女儿是最美的诗》：

今天一早
远在南方的女儿讨伐我
爸，你写诗多年
从未给你女儿写过一首
盘点下来，的确如此
但我不认错
回复女儿

你呀
是你爸写给这个世界
最美的一首诗

全诗写父女之间的亲密，写女儿认为父亲笔下没有自己的嗔怪，写父亲视女儿为自己最美的一首诗的骄傲，全诗没有任何华丽的语言和复杂的修辞，但却有浓浓的亲情流动于文字之中，让人动容。同样以口语写感情的还包括罗启晁的《别离》、尹宏灯的《水路》，都别有亲切动人之处。

口语写作触及的是诗歌最本质的语言问题，所以诗人在创作时多有惊艳之语。"四周喧嚣／喧嚣就喧嚣／大树底下我称王"，"万物都是我的灵感"（阿斐《独坐树下》），写诗人自己对生活和命运的掌控感，颇为爽利。"向日葵说／你们都说得对／但我得对腹中的十万颗籽粒负责"（刘傲夫《向日葵》），一改人们对向日葵的偏见，替向日葵（同时也是为向日葵所指涉的母体形象）立言。其中的代表作还包括黄晓园的《我如金，金如诗》、冷慰怀的《小雪是一首乐曲》等。

一些口语写作的诗歌也暗含对现实问题的观察和批判。如刘傲夫的《保安弟弟》一诗中，这样描写年轻的、脸上甚至还有青春痘的保安弟弟们："他们从不敢／与我们对视／他们要么／按下遥控键／起杆／下杆／要么只盯着／手上的那个／便宜手机"。工作的繁忙与辛苦、初入社会的困窘与怯懦，在寥寥几笔间便刻画出清晰、分明的底层人物想象，使诗歌具有极强的社会性和现实意义。

综上而言，"新江西诗派"的口语写作呈现出贴近生活、真实自然的样态，使诗歌更加生动、有力地表达出当代人的情感和思考。

六、温暖与明亮——女性写作的艺术力量

在"新江西诗派"的作者群中，不少女性诗人已经成为诗歌写作的中坚力量，她们通过描绘日常生活和内心世界，形成了对女性经验、情感和身份的探索和表达，极大地拓展了诗歌的创作内容和表现形式。

对女性这一身份的关注和叩问，对女性社会责任和道德品质的探索，始终凝聚在"新江西诗派"女性诗人的写作之中。诗人们往往在作品中直书母亲，观照自己，在一代一代女性的承续之中，探索生命的奥秘。例如，周簌《在我很小的时候》书写母亲和自己，甚至描写家门口在"坐果"的那棵李树。"母亲头上，扎着一条花手帕／穿着一身白色的确良上衣／周身散发着，忍冬花一样的幽香／现在，我做了母亲／已超过了，她当年散发忍冬花香的年纪／门前的那棵李树，正在坐果"。朝颜的《旧物》（其中精彩诗句："夜色来得太快／空下来的屋子轻易就被凉风灌满／他只有裹紧母亲留下的旧毛衣／只有这样，才能再一次／被母亲的双臂环绕"），谢雨新《南方的秋》（其中精彩诗句："木槿在开她的花／女贞在结她的种子"），也可视作这一创作序列的代表。

女性诗人笔下的自然万物，也往往融汇着女性的宝贵品质。如徐琳婕的《秋歌》："秋天，适合把自己挂上枝头／体验一颗果子成熟的过程／从头开始，然后是眼睛，鼻子，嘴／接着是身体和四肢／等它

们全部疼完一遍，就开始发甜"，经历过生活的痛苦，便会更加珍惜其中的甜美，达到真正的成熟。肖春香的《大风歌》将这种生命的隐喻揭示得更加彻底："月夜下的山林像妇人般宁静／怀抱博大的爱。她在孕育。//曦光初照，一场大风／从山林分娩而出。"在女诗人笔下，自然界的月、山、林、风，都似乎带有了母性的光辉。年鉴中还辑录了汪雪英和汪亚萍母女同写雪景的两首诗《雪天里》和《想念山顶看雪》，对读颇有意趣。此类创作还包括胡粤泉的《一只蚂蚁》等。

　　另外，不少女性诗人往往更加关注自己在生命、爱情、家庭等方面的真实体验和情感。范丹花一向以渗透阅读经验的智性写作见长，她的《庐山简史》，呈现了个人创作风格中的另一个面向，令人惊喜：

> 那是冬天，云雾
> 从含鄱口四周飘到了头顶
> 我们同坐一条石凳，我们交谈
> 初识像潮湿的地衣
> 从眼神的欣喜爬至峰顶
>
> 后来有一天下了雪，在差不多的
> 位置，你在雪中画出了心形
> 拍给我看
>
> 我们在一起了，因为雾之浓
> 以为生活的实景都很美——
>
> 多年后的冬天，你说
> 你一个人开车从东林寺再到山顶
> 具体去了哪些地方，想了什么
> 至今我也没问

只记得，那时山顶的雪真大啊

几乎落满了我的一生

全诗抒情时间横跨数年，几乎都被庐山冬日的雪包裹，诗人以针脚般细密的笔调，借庐山的大雪写感情的生发和盛大，也写雪落后一片白茫茫的淡淡遗憾。庐山的"简史"也成了凝缩人生最美好年华的"简史"。

纵向来看，"新江西诗派"的女性写作者年龄分布均衡，很多青年诗人呈现出较强的写作后劲，可以期待，未来"新江西诗派"的女性写作会形成更加独特的审美风格和创作特点。

总之，《新江西诗派诗歌年鉴（2022年卷）》一书的问世，见证着"新江西诗派"走过的二十年诗路历程，它是对江西诗歌界的一次极好的检视，编选者对于诗歌的热情和洞察力，使得这一重要诗歌流派选本呈现出非常丰富的面向。我们可以发现，"新江西诗派"基本呈现出以下群体特征：共同的江西地域文化色彩，兼容并蓄的语言态度，以质朴、真实、深沉为主导的审美情感与艺术风格。由于眼界和笔力所限，笔者选择了2022年度其中部分江西诗人的作品形成自己的观点，难免挂一漏万，而"新江西诗派"诗人们用文字描绘出的风景、生活、人事、情感，远比本文所呈现的样貌丰富、精彩许多。我们可以相信，在未来每年或双年出版的《新江西诗派诗歌年鉴》中，"新江西诗派"成员们的诗歌创作将百花齐放、百舸争流，呈现出更加丰富、清晰、深刻与动人的思想艺术面貌。

2023年11月，写于南昌

谢雨新，博士，青年诗人，任教于南昌大学人文学院。

"新江西诗派"宣言

谭五昌

在中外诗歌史上，某一诗歌流派的诞生与形成无疑都在客观的层面上凸现出该流派内部成员在诗学观念、美学趣味、写作风格等方面的相似性与趋同性。从深层主观动机来看，流派的诞生或"人为"建构无可置疑地表明该流派成员对某种诗歌理想与诗歌标准的强烈认同与自觉维系，显示其对诗歌写作技术层面与价值学层面的双重关注。诗歌流派现象的客观存在与不断出现有力地指证了诗歌的内在秩序对自觉的诗歌写作者所具有的规范和导引作用，其意义与影响是肯定而积极的，尤其是当诗歌写作自身进入到某种多元无序、标准紊乱的"失范"时期。

"新江西诗派"在当下的诞生与问世正是建立在前述关于流派现象的理性思考与认识基础之上的。它的出现，意图在当下喧嚣混乱、标准缺失的诗歌语境中建构一种相对规范与严肃的诗歌理念与诗歌标准。从流派建构的"合法性"而言，"新江西诗派"可谓具有"天然"的优越条件与深厚基础：首先，它是以宋代江西籍诗人黄庭坚所开创的"江西诗派"的现代性的继承与发展，或者说，"新江西诗派"在禀承和保留"江西诗派"某些重要的诗歌原则和艺术趣味外，已用新的语言形式和诗歌内容对"江西诗派"进行了全面的刷新，从而呈现出崭新的时代特征与气息；其次，"新江西诗派"的全体成员均拥有共同的地域文化（赣文化）背景，共同地域文化的客观存在，使得以流派集结方式出现的江西籍诗人们在诗歌写作中的题材（主题）选择、语言风格、美学趣味等诗歌外部与内部面貌上或多或少存在相同、想通或相似之处，至少从理论上讲具有某种"可通约"性。

作为一种理论形态的诗歌流派，"新江西诗派"提出如下几条诗歌原则或诗歌主张：

其一，主张诗歌形式和诗歌内容的双重创新。

诗歌形式的创新要求作者从使诗歌的内容获得最佳艺术呈现的角度考虑，在动态性的诗歌写作中不断打破与抛弃模式化的语言风格与表述习惯，努力寻觅一种鲜活、生动、具有不可重复性的诗性话语方式；诗歌内容的创新则要求作者贴近并关注自己当下的生存状态与生命境遇，从自我与时代发生磨擦的多元复杂的关系网络中获得开阔、丰富的文化视野与生命经验，在诗歌写作中努力发掘那些具有鲜明时代气息且富有真实细节效果的诗性经验，给人耳目一新之感。同时，诗歌形式的创新与诗歌内容的创新必须保持同一性，不应出现人为的"分裂"或"脱节"状态。

其二，主张诗歌语言态度上的兼容并蓄。

诗歌是一门语言艺术。这一诗歌常识为古今中外的诗人所普遍公认，但对待不同语言形态的选择性使用在诗人们当中历来就是一个众说纷纭的话题，在20世纪现代性汉语诗歌发展史上，围绕诗歌语言问题的争论历久不息。就汉语的形态而言，"口语"与"书面语"是其最基本的两种语言类型。一般说来，"口语"具有亲切、平易的表达效果，"书面语"则具有典雅、庄重的文化色彩，两者在呈现事物的诗意方面均具有不可替代的艺术优势，而且这种优势是互补性的，并不存在"必然"的对立关系。当下中国诗坛围绕"口语"与"书面语"一些观点偏激的争执，表明当事人在对待诗歌语言态度上持有某种保守与偏狭心态。"新江西诗派"主张对待诗歌语言问题应持完全开放的"兼容并蓄"态度，在诗歌写作中根据文体中创造的需要将"口语""书面语"及包括外语在内的其他类型的语言设置在合理的位置上，使诗歌文本真正焕发出艺术性语言的活力与魅力。

其三，主张地域色彩与时代气息有机融合。

"新江西诗派"认为，地域色彩是一切文学创作活动通常具有的艺术特征，在不同文体与不同作者之间只存在程度上的区别。《诗经》《楚辞》可视作用以证明汉语诗歌地域色彩的经典文本。大体而言，诗歌文本的地域色彩可通过富有地方色彩的自然景物、人物故事、民情风俗、语言习惯等体现出来，以期使之呈现地域风情与地方文化的"奇观"效果，但这些还只能作为诗歌的"素材"或"材料"加以看待；在真正进入文本创造的过程中，写作者须站在当今时代的高度，用融汇现代东西方文化精华的宏阔思想视野对之进行深刻的审视与观照，用一种现代理性的批判精神将文本中具地域色彩的"素材"或"材料""点化"成真正的诗歌题材，从而使之产生不同凡响的艺术震撼与感染效果。

当然，从诗人个体及诗人群体的实际创作情形来看，任何理论的预设都可以完全"失效"。因为任何一个真正有出息的诗人是很难用既定的理论框架去规范、束缚或妨碍其特立独行的创作个性的。因此，从严格的意义上讲，与其说"新江西诗派"是一个"精心建构"的诗歌流派，毋宁说它是一个以共同地域背景为名义而集中起来的诗歌团体。与此相对应，我们可以把前面所提出的几条"流派主张"宽泛地理解成几种诗歌向度与诗歌品质，择其大要概括起来，那就是：提倡严肃、自由的探索精神，积极、开放的艺术态度以及宏阔、深刻的审美眼光，善于将古今中外一切有益的诗歌经验吸纳为自己的思想与艺术营养，用充满个性的声音创造出坚实有力的诗歌文本。缘此，"新江西诗派"决不仅仅是一个狭隘的地域性诗歌团体的概念与称谓（正如宋代的"江西诗派"不是一个地域诗歌流派概念），而是一个以无限开放的态势接纳所有对现代汉语诗歌事业怀有抱负和严肃追求精神的中国诗人的诗歌大阵营。

（注：《"新江西诗派"宣言》系民刊《新江西诗派》创刊号上的发刊词）

编 后 记

　　当年我在北京大学攻读当代文学博士学位时，意气风发，精力充沛，喜欢做一些富有创意的事情。2002 年春天，在江西赣州举办的谷雨诗会上，我以青年诗歌批评家的身份，呼吁成立一个"新江西诗派"，意在继承已经延续千年的江西诗派的衣钵，大面积整合新世纪江西诗歌资源，有力推动新世纪江西诗歌（新诗）的健康发展，意图在江西诗派诞生千年之后重铸江西诗歌的辉煌。出乎意外的是，我的呼吁当即得到了全体与会诗人的积极响应与热情支持。同年秋天，我主编的民刊《新江西诗派》创刊号问世，数十位江西知名诗人与实力派诗人的作品刊登在创刊号上，《诗选刊》《诗歌月刊》等国内多家有影响的诗歌刊物纷纷转载创刊号上的诗人作品，而且"新江西诗派"这一词条很快被百度百科所收入，一时间声势不小，造成了比较大的影响力，这令我以及一些热心推动"新江西诗派"发展的江西诗人感到非常兴奋。对我来说，除了兴奋更多的是欣慰，因为我可以利用"新江西诗派"这个概念与平台，为江西诗人们做一些实实在在的服务性工作。

　　2012 年，新江西诗派成立十年之际，我联合一些江西知名诗人，编选了一本《新世纪江西诗歌精选》，集中展示了新世纪十年来江西诗人们的创作成就与艺术风貌，在江西诗歌（新诗）界产生了广泛而深远的影响。到 2022 年，新江西诗派成立二十年了。在 2022 年秋冬之际，我萌生了编选一部《新江西诗派诗歌年鉴·2022 年卷》的想法，

新江西诗派诗歌年鉴（2022 年卷）

想以此方式纪念新江西诗派成立20周年，同时也用此方式对江西诗人们的创作成绩进行年度性的集中展示。我的这个想法当即得到了江西籍诗人吴光琛先生与富有诗歌文化情怀的江西籍优秀企业家杨少林先生的大力支持。随后，又陆续获得了邓涛、石立新、杨北城、曾若水、蔡勋、洪老墨、雁西、大枪、毛江凡、毛鸿山、胡刚毅、王彦山、喻晓、游华、陈明秋、舒喆、王小林、李贤平、弭节、罗启晁、雁飞、高发展、刘傲夫、张瑛、刘合军、高兴、欧阳滋生、周籁、汪雪英、肖春香、左清、谢雨新等诸多江西诗人的热情支持，于是，2023年春天，我在个人微信公众号及中诗网上发布了一则征稿启事，很短时间便收到了数百位江西籍诗人的来稿，江西诗人们的热情支持让我主编这部诗歌年鉴充满了信心。

我从大量的来稿中遴选了一二百位诗人的诗歌佳作（为控制篇幅与确保质量，每位诗人所选的诗作一般不超过三首）。阅读完2022年度江西诗人们创作的诗歌文本后，我感觉他们（她们）的诗歌创作整体上展示出非凡实力与巨大潜力，值得肯定与重视。《新江西诗派诗歌年鉴·2022年卷》在当下林林总总的各种诗歌选本中，明确"主打"其流派诗歌选本特色，彰显其独特的审美价值与可能的文学史价值。总之，江西诗人在2022年度的诗歌创作中有着出色或比较抢眼的表现，他们（她们）的诗歌写作在思想主题与艺术风格层面所展示出来的群体流派的相同性、相似性，以及内部的差异性与丰富性，值得我们充分关注与认真研究。关于这一点，90后批评家、诗人、南昌大学人文学院青年教师谢雨新博士在其《2022年度新江西诗派诗歌创作概述》一文中进行了简要的概括性阐述。

令我感到欣慰的是，《新江西诗派诗歌年鉴·2022年卷》一书的出版得到了中国文史出版社的大力支持，在此，谨对中国文史出版社有关领导与责任编辑表达自己真诚的感谢之情！

虽然现在诗集与诗歌选本的出版时间需要很长，考验着编者与作者的耐心，但对真正热爱诗歌的人来说，等待诗集与诗歌选本的出版其实也是一种幸福。在该诗歌选本的编选过程中，弟子陈琼、唐梅、贺小华、马文秀、蒋瑞、赵秦等，以及盛媛媛、冯佳艺、连欣欣、王子博、郭静怡、晏子懿、叶贝贝、张月等北师大学子们，或热情帮助诗稿录入与初步编排等具体工作，或用心提出了一些很有价值的意见与建议，在此一并表示感谢。

是为后记。

谭五昌

2023 年 12 月 5 日夜

写于北京京师园

图书在版编目（CIP）数据

新江西诗派诗歌年鉴 . 2022 年卷 / 谭五昌主编 . —— 北京：中国文史出版社，2024.1

ISBN 978-7-5205-4521-1

Ⅰ . ①新… Ⅱ . ①谭… Ⅲ . ①诗集－中国－当代 Ⅳ . ① I227

中国国家版本馆 CIP 数据核字（2023）第 232834 号

责任编辑：金　硕　全秋生

出版发行：中国文史出版社

地　　址：北京市海淀区西八里庄路 69 号　　　邮编：100142

电　　话：010 － 81136602　81136603　81136606（发行部）

传　　真：010 － 81136655

印　　装：北京温林源印刷有限公司

经　　销：全国新华书店

开　　本：787 毫米 ×1092 毫米　　　1/16

印　　张：30.5

字　　数：480 千字

版　　次：2024 年 2 月北京第 1 版

印　　次：2024 年 2 月第 1 次印刷

定　　价：88.00 元

文史版图书，版权所有，侵权必究

文史版图书，印装有错误可与发行部联系退换